唐宋詞選．跨出詩的邊疆

林明德．編撰

中國歷代經典寶庫

5

出版的話

時報文化出版的《中國歷代經典寶庫》已經陪大家走過三十多個年頭。無論是早期的紅底燙金精裝「典藏版」，還是50開大的「袖珍版」口袋書，或是25開的平裝「普及版」，都深得各層級讀者的喜愛，多年來不斷再版、複印、流傳。寶庫裡的典籍，也在時代的巨變洪流之中，擎著明燈，屹立不搖，引領莘莘學子走進經典殿堂。

這套經典寶庫能夠誕生，必須感謝許多幕後英雄。尤其是推手之一的高信疆先生，他秉持為中華文化傳承，為古代經典賦予新時代精神的使命，邀請五、六十位專家學者共同完成這套鉅作。二〇〇九年，高先生不幸辭世，今日重讀他的論述，仍讓人深深感受到他對中華文化的熱愛，以及他殷殷切切，不殫編務繁瑣而規劃的宏偉藍圖。他特別強調：

中國文化的基調，是傾向於人間的；是關心人生，參與人生，反映人生的。我們的聖賢才智，歷代著述，大多圍繞著一個主題：治亂興廢與世道人心。無論是春秋戰國的諸子哲學，漢魏各家的傳經事業，韓柳歐蘇的道德文章，程朱陸王的心性義理；無論是貴族屈原的憂患獨歎，樵夫惠能的頓悟眾生；無論是先民傳唱的詩歌、戲曲，村里講談的平話、小說……等等種種，隨時都洋溢著那樣強烈的平民性格、鄉土芬芳，以及它那無所不備的人倫大愛；一種對平凡事物的尊敬，對社會家國的情懷，對蒼生萬有的期待，激盪交融，相互輝耀，繽紛燦爛的造成了中國。平易近人、博大久遠的中國。

可是，生為這一個文化傳承者的現代中國人，對於這樣一個親民愛人、胸懷天下的文明，這樣一個塑造了我們、呵護了我們幾千年的文化母體，可有多少認識？多少理解？又有多少接觸的機會，把握的可能呢？

參與這套書的編撰者多達五、六十位專家學者，大家當年都是滿懷理想與抱負的有志之士，他們努力將經典活潑化、趣味化、生活化、平民化，為的就是讓更多的青年能夠了解繽紛燦爛的中國文化。過去三十多年的歲月裡，大多數的參與者都還在文化界或學術領域發光發熱，許多學者更是當今獨當一面的俊彥。

三十年後，《中國歷代經典寶庫》也進入數位化的時代。我們重新掃描原著，針對時代需求與讀者喜好進行大幅度修訂與編排。在張水金先生的協助之下，我們就原來的六十多冊書種，精挑出最具代表性的四十種，並增編《大學中庸》和《易經》，使寶庫的體系更加完整。這四十二種經典涵蓋經史子集，並以文學與經史兩大類別和朝代為經緯編綴而成，進一步貫穿我國歷史文化發展的脈絡。在出版順序上，首先推出文學類的典籍，依序有詩詞、奇幻、小說、傳奇、戲曲等。這類文學作品相對簡單，有趣易讀，適合做為一般讀者（特別是青少年）的入門書；接著推出四書五經、諸子百家、史書、佛學等等，引導讀者進入經典殿堂。

在體例上也力求統整，尤其針對詩詞類做全新的整編。古詩詞裡有許多古代用語，需用現代語言翻譯，我們特別將原詩詞和語譯排列成上下欄，便於迅速掌握全詩的意旨；並在生難字詞旁邊加上國語注音，讓讀者在朗讀中體會古詩詞之美。目前全世界風行華語學習，為了讓經典寶庫躍上國際舞台，我們更在國語注音下面加入漢語拼音，希望有華語處，就有經典寶庫的蹤影。

《中國歷代經典寶庫》從一個構想開始，已然開花、結果。在傳承的同時，我們也順應時代潮流做了修訂與創新，讓現代與傳統永遠相互輝映。

時報出版編輯部

【導讀】

倚聲填心曲

林明德

詞是唐、宋時興起的新詩，它輕靈曼妙，注重情韻，最能展現中國文化的陰柔美，發揮中國文字的音樂潛能，與抒情傳統的魅力，比起唐代詩歌，毋寧更具活潑感、音樂性。

歷來，論詞每以婉約、豪放兩派衡量作家，概括風格，前者隱約含蓄，託興深遠，音律舒徐和緩，像：「人生自是有情癡，此恨不關風與月。」（歐陽脩〈玉樓春〉）、「莫道不銷魂，簾捲西風，人比黃花瘦。」（李清照〈醉花陰〉）等即是，也稱陰柔美；後者明白顯豁、淋漓盡致，音律縱橫跌宕，像：「大江東去，浪淘盡，千古風流人物。」（蘇軾〈永遇樂〉）、「千古江山，英雄無覓，孫仲謀處。」（辛棄疾〈永遇樂〉）等即是，也稱陽剛美。這是歌詞的美學範疇，也是鑑賞的基點，我們的論點大致一樣。雖然有些詞篇難以範疇風格，但我們希望能將傳統與現代結合，再創新的靈視。

這本詞選，分為兩部分，即，總論與各家名作賞析。前者重在詞史的討論，藉以再認詞的生命史與性格。後者是作家生平概述與名作賞析，企圖透過中國傳統詩學的智慧（印象式批評），與現代美學的觀點之配合，進行探索，希望能夠客觀、貼切地走向詞人的感情世界，進入唐宋詞的宮殿。

這本詞選，包括晚唐五代、北宋、與南宋的重要詞家二十三人，以及代表作品七十一闋。（賞析四十二闋，語評二十九闋。）形式上，分為小令、中調與長調，內容則有抒情、敘事與哲理。希望對唐宋詞感興趣的朋友，一道來諷誦，一道來體會唐宋詞家的生命情調，探尋中華民族一脈而來的情感樣態。

最後要說明的是，我們選的詞大部分是根據唐圭璋的《全宋詞》，並參考其他精校的版本。凡是字句上有問題的，特別在原句下面註明；讀音較困難的，也酌量標出國語注音（加上漢語拼音）。至於每闋詞的排列，原則上，以韻腳作為分行的依據，這種嘗試可以清楚詞的節奏與脈絡（編者按：由於上下欄的排列，有時無法顧及韻腳）。只要多加諷誦，自然可以會得。透過這本詞選或許能引起你對傳統文學的興趣，那將是作者撰寫的主要動機了。

唐宋詞選◆跨出詩的邊疆

目次

出版的話 03

【導讀】倚聲填心曲 林明德 07

上篇：總論 001

下篇：各家名作賞析 033

溫庭筠——新貼繡羅襦，雙雙金鷓鴣。 034

韋莊——未老莫還鄉，還鄉須斷腸。 044

李璟——細雨夢回雞塞遠，小樓吹徹玉笙寒。 052

李煜——問君能有幾多愁？恰似一江春水向東流。 059

馮延巳——日日花前常病酒，不辭鏡裡朱顏瘦。 086

晏殊——無可奈何花落去，似曾相識燕歸來。 095

張先——沙上竝禽池上暝，雲破月來花弄影。 105

歐陽脩——人生自是有情癡，此恨不關風與月。 112
柳永——今宵酒醒何處？楊柳岸、曉風殘月。 125
蘇軾——大江東去，浪淘盡、千古風流人物。 137
晏幾道——今宵賸把銀釭照，猶恐相逢是夢中。 157
秦觀——夜月一簾幽夢，春風十里柔情。 168
賀鑄——一川煙草，滿城風絮，梅子黃時雨。 183
周邦彥——當時相候赤欄橋，今日獨尋黃葉路。 194
李清照——花自飄零水自流，一種相思，兩處閒愁。 216
朱敦儒——詩萬首，酒千觴，幾曾著眼向侯王？ 230
陸游——此生誰料，心在天山，身老滄洲！ 237
辛棄疾——驀然回首，那人卻在、燈火闌珊處。 247
姜夔——二十四橋仍在，波心蕩、冷月無聲。 284
史達祖——愁損翠黛雙蛾，日日畫闌獨凭。 303
吳文英——何處合成愁，離人心上秋。 312
蔣捷——悲歡離合總無情，一任階前點滴到天明。 322
張炎——無心再續笙歌夢，掩重門、淺醉閒眠。 327

上篇 總論

總論

從中國詩史上看，詞是很特殊的體裁，它不僅發揮了中國文字的音樂潛能，也展示了抒情傳統的魅力。因此，能夠跨出唐詩的邊疆，在傳統文學宮殿裡扮演重要的角色。

然而，關於詞的起源時代，與興起背景等問題，歷來聚訟紛紜，莫衷一是。我們無意在這上面多所爭辯，但希望從一些新的史料加以觀察，並略抒一點看法。我們確信，唯有合理地解答上述的問題，才能進一步去了解詞的發展史與特性。

清德宗光緒三十三（西元一九〇七）年，甘肅敦煌的祕密正式被揭開，並掀起敦煌學的序幕，這對漢學的貢獻毋寧是劃時代的。其中有一部分資料曾經使文學史的研究，推向新紀元。特別是《敦煌曲》（約三百闋），對詞史久訟不決的問題提供強而有力的新證據，貢獻之大，真是難以估計。《敦煌曲》是在敦煌發現的唐人曲子（其實就是詞），這些都是從未經著錄的作品，由於藏在敦煌石室才得以保存下來。

對《敦煌曲》，尤其是佛曲以外具有文學性的作品加以檢視，我們不難發現其中含有盛唐時代的作品，例如：

(1)鳳歸雲

綠窗獨坐，修得君書，征衣裁縫了，遠寄邊隅。
想你為君貪苦戰，不憚崎嶇。
終朝沙磧裡，只憑三尺，勇戰奸愚。

豈知紅臉，淚滴如珠。
枉把金釵卜，卦卦皆虛。
魂夢天涯無暫歇，枕上長噓。
待公卿回故里，容顏憔悴，彼此何如？

⑵菩薩蠻

每歲送征衣，到頭歸不歸？
唯聞蟋蟀吟相伴。
香銷羅幌堪魂斷，
千行欹枕淚，
恨別添憔悴。
羅帶舊同心，不曾看至今。

這兩闋詞的內容都在敘述閨怨，字裡行間蘊含著極強烈的念征夫遠去的幽怨情緒，與盛唐邊塞詩所表現的情調並無二致。值得注意的是，「送征衣」這事件所透露的消息，極為珍貴，從唐代政治史來看的話，將有意外的發現。原來，唐代兵制有三次變革：開始實行府兵制，其次改為彍騎，最後設立方鎮之兵。「送征衣」，是府兵制度下的特有現象。唐代府兵制是兵農合一，民無事則耕，有事則戰；而當兵所需的衣食完全自備。因為朝廷不負擔士兵的衣食，所以每當秋涼時候，砧杵之聲此起彼落地交響著，家家準備送征衣。然而，到了開元六（西元七一八）年開始有計畫地廢除府兵，十一年正式以彍騎取代府兵制。於此可見這兩闋曲子是開元天寶時期，也就是盛唐的作品；作者是民間的無名氏。他們以活潑的語言來反映當時征戍的心聲，與中國第一部詞的總集《雲謠集》①所展示的情調與社會現實，極為吻合，像：〈鳳歸雲〉（征夫數載）與〈喜秋天〉（芳林玉露摧）等詞就是最好的例證。

所以說，在盛唐時，詞已在民間誕生了。

至於詞的興起背景，說法也頗為分歧，歸納起來，約有四派：（一）源於《詩經》；（二）源於樂府；（三）源於絕句；（四）源於新聲，即胡樂。我們認為，任何一種新文體的產生，必定會牽涉到複雜的問題，包括時代、環境、種族，與文體本身的自然規律等。詞，是以本土文化為基礎，配合外來文化的刺激，經由孕育而創造出來的新體裁。換句話說，詞是中國文化，特別是音樂（自《詩經》、樂府、吳歌、西曲，一脈相承的「里巷之音」）和西域音樂互相融滙整合後的結果。此種文體遞變的律則，一如顧炎武所說的：

> 三百篇之不能不降而《楚辭》，《楚辭》之不能不降而漢、魏，漢、魏之不能不降而六朝，六朝之不能不降而唐也，勢也。……詩文之所以代變，有不得不變者。一代之文，沿襲已久，不容人人皆道此語。（《日知錄．詩體代降》）

的確，一時代有一時代的文學，詞之所以能跨出唐詩的邊疆，不僅是情勢使然，更是在上述複雜因素下的必然結果。

詞以嶄新的形象盛行於民間之後，引起愛好民歌的文人的興趣，進而模仿填詞。在文人的詞作裡，相傳以李白的〈菩薩蠻〉：

平林漠漠煙如織，寒山一帶傷心碧。
暝色入高樓，有人樓上愁。
玉階空佇立，宿鳥歸飛急。
何處是歸程？長亭更短亭。

與〈憶秦娥〉：

簫聲咽，秦娥夢斷秦樓月。
秦樓月，年年柳色，灞陵傷別。
樂遊原上清秋節，咸陽古道音塵絕。

音塵絕，西風殘照，漢家陵闕。

這兩闋詞為最早，黃昇稱之為「百代詞曲之祖。」（《花菴詞選》）不過有些詞論家卻疑為偽作。即便如此，還是不能否定「詞起於盛唐的民間，流行於士大夫層面」這一事實。因為，在盛唐或盛唐以後文人填詞風氣已普遍存在，像戴叔倫的〈調笑令〉：

邊草，邊草，
邊草盡來兵老。
山南山北雪晴，
千里萬里月明。
明月，明月，
胡笳一聲愁絕。

張志和的〈漁父〉：

西塞山前白鷺飛，

桃花流水鱖魚肥。
青箬笠，綠蓑衣，
斜風細雨不須歸。

白居易的〈長相思〉：

汴水流，泗水流
流到瓜洲古渡頭，
吳山點點愁。

思悠悠，恨悠悠，
恨到歸時方始休，
月明人倚樓。

至於劉禹錫的〈竹枝〉，鮮活的語言、鄉土的題材，更深具民歌味道。這些例證說明了盛唐以來文人從事填詞的事實與興趣。不過，文人填詞所用的語言都具有民間鮮活的氣息，詞調也都屬於簡短的小令。

文人層面填詞的風氣，在晚唐、五代有更進一步的發展，而且成果也更為輝煌。當時，中原紛擾，喪亂不已，唯有西蜀、南唐還維持偏安的局面，歐陽炯《花間集・序》②云：

則有綺筵公子，繡幌佳人，遞葉葉之花牋，文抽麗錦；舉纖纖之玉指，拍按香檀。不無清絕之辭，用助嬌饒之態。

安定的生活環境，與舞榭歌臺的情調，助長了詞的發展，加上君主（前蜀後主王衍與後蜀後主孟昶）的提倡，使西蜀詞風，臻於高潮，這可從趙崇祚的《花間集》（共收晚唐、五代詞家十八人，作品百闋）得到證明。其中以溫庭筠、韋莊兩人「熏香掬豔，眩目醉心，尤能運疏入密，寓濃於淡。」（況周頤《蕙風詞話》）成就最顯著，為花間領袖。他們的作品，像：

柳絲長，春雨細，
花外漏聲迢遞。

驚塞雁，起城烏，
畫屏金鷓鴣。

香霧薄，透簾幙，
惆悵謝家池閣。
紅燭背，繡簾垂，
夢長君不知。（溫庭筠〈更漏子〉）

紅樓別夜堪惆悵，香燈半掩流蘇帳。
殘月出門時，美人和淚辭。

琵琶金翠羽，絃上黃鶯語。
勸我早歸家，綠窗人似花。（韋莊〈菩薩蠻〉）

圓融巧妙的表現，在詞的發展上，象徵詞體的成熟。尤其是詞調與作品數量的增加，以及藝術性的講究，使詞成為新興的獨立國度。然而，也因此文人詞逐漸遠離民歌的特質，成為他們逃避現實、歌筵舞榭、茶餘酒後的消遣工具，難怪《花間集》所透露的大多是綺靡生活中的豔情與閒愁。

與西蜀詞壇相比埒，而更具影響的是南唐詞壇。由於社會安定，加上君主的愛好與提倡，所以南唐詞風熾盛，作家輩出，風格獨特。其中二主一馮為核心人物，他們以「樂府新詞」，「娛賓遣興」，盛況不亞於西蜀。像：

幾日行雲何處去，
忘了歸來，不道春將暮。
百草千花寒食路，香車繫在誰家樹？

淚眼倚樓頻獨語，
雙燕來時，陌上相逢否？
撩亂春愁如柳絮，依依夢裡無尋處。（馮延巳〈鵲踏枝〉）

林花謝了春紅，太匆匆，
無奈朝來寒雨晚來風。

胭脂淚，留人醉，幾時重，
自是人生長恨水長東。（李後主〈相見歡〉）

王國維曾說：「詞至後主而眼界始大，感慨遂深，遂變伶工之詞而為士大夫之詞。」又說：「馮正中詞雖不失五代風格，而堂廡特大，開北宋一代風氣。」（《人間詞話》）可見他們在詞史的地位。若從地緣來看，西蜀處於邊陲偏僻的地方，五代紛擾之際，與外界斷了關係，詞風也極少與其他各地流通，這種情況與南唐迥然不同。像歐陽脩、晏殊、晏幾道等人都來自江西的詞家，而江西又是南唐舊有屬地，二主一馮的流風餘韻對他們多少一定會有影響；就詞學的系統而言，北宋初期的詞人，完全繼承了南唐的遺緒。所以，劉熙載指出：「馮延巳詞，晏同叔得其俊，歐陽永叔得其深。」（《藝概》）

宋朝特殊的歷史條件與文化背景，使「詞」成為宋代文學的標幟，它的發展不僅反映文體的運作現象，也關係到宋代的生命脈搏。小令的發展，先由馮延巳、李後主的經營，歐陽脩（西元一〇〇七－一〇七二）、晏殊（西元九九一－一〇五五）繼承南唐遺緒，到了晏幾道而集大成，賀鑄是此一脈絡的後勁。他們所寫的內容大多是悲歡離合與閒愁，以「詩人之句法」（黃庭堅《小山詞・序》），造成沉著厚重的風格。至於詞的創作動機，不僅為

了「析酲解慍」，也為了賞玩，所謂授諸貴家歌兒之口，「持酒聽之，為一笑樂而已。」（《小山詞．自序》）

下面列舉幾闋詞作，藉以窺其風貌：

一向年光有限身，
等閒離別易銷魂。
酒筵歌席莫辭頻。

滿目山河空念遠，
落花風雨更傷春。
不如憐取眼前人。（晏殊〈浣溪沙〉）

候館梅殘，溪橋柳細。
草薰風暖搖征轡。
離愁漸遠漸無窮，迢迢不斷如春水。

寸寸柔腸，盈盈粉淚。
樓高莫近危闌倚。
平蕪盡處是春山，行人更在春山外。（歐陽脩〈踏莎行〉）

天邊金掌露成霜，
雲隨雁字長。
綠杯紅袖趁重陽，
人情似故鄉。

蘭佩紫，菊簪黃，
殷勤理舊狂。
欲將沉醉換悲涼，
清歌莫斷腸。（晏幾道〈阮郎歸〉）

曲磴斜闌出翠微，
西州回首思依依。

風物宛然長在眼，只人非。
綠樹隔巢黃鳥並，滄洲帶雨白鷗飛。
多謝子規啼勸我，不如歸。（賀鑄〈攤破浣溪沙〉）

由於文人學士的參與，使小令的境界為之提高，而逐漸遠離閭巷俚歌的風味，當然也漸漸不被普遍群眾所接受，於是，教坊乘勢競造新聲，里巷歌謠淫冶歌詞，也乘時蠭起。《宋史》云：

宋初置教坊，得江南樂，已汰其坐部不用。自後因舊曲創新聲，轉加流麗。（〈樂志〉）

顯然是針對當時現況而說的。柳永一出，使詞風為之改變，他一掃卑視里巷歌謠的心理，不惜士大夫的唾罵，為教坊樂工填詞，因為他善於利用民間俚俗的語言，和鋪敘的手法，完成聲調靡曼的「慢曲」，因此，他的歌詞不僅盛行倡館酒樓，也風靡一時，葉夢得《避暑錄話》云：

柳耆卿（永）為舉子時，多游狹邪，善為歌辭。教坊樂工，每得新腔，必求永為辭，始行於世。於是聲傳一時。余仕丹徒，嘗見一西夏歸朝官云：「凡有井水處，即能歌柳詞。」

在柳永《樂章集》裡，共有二百闋詞，用調一百三十左右，小令只有三十餘調，全集有十分之八都是長調。這種數量是前所未有，而且他寫長調的技巧高妙，其長篇巨幅，開闔變化，已到達運用自如之境。在敘述傷春惜別，室內身邊之外，也寫出更深曲的情感，更開闊的境界。馮煦云：

耆卿曲處能直，密處能疏，奡處能平。狀難狀之景，達難達之情，而出之以自然，自是北宋巨手。（《宋六十一家詞選．例言》）

柳永的嘗試使歌詞（口語化）又與民眾接近；而「變舊聲作新聲」，更使詞體恢張，有馳騁才情的餘地。但他仍然脫不掉綺羅薌澤之態、兒女之情，所謂「大概非羈旅窮愁之詞，則閨門淫媟之語」（《藝苑雌黃》）；雖然，他的詞都是音律諧婉，卻有些「詞語塵下」（《苕溪漁隱叢話》引李清照評語），成為《樂章集》的瑕疵③。可是瑕不掩瑜，柳永是中國詞史上第一位寫長詞既多又好（就數量與品質而言）的人。他的詞作，像〈雨霖鈴〉、〈八聲甘州〉，寫登山臨水、望遠興懷，淒清高曠、言近意遠；同時音律諧婉、細密妥溜，因此自北宋以來，一直膾炙人口，騰傳後世。下面鈔錄他的〈鳳歸雲〉，以見《樂章集》的成就之一斑。

向深秋，雨餘爽氣肅西郊。
陌上夜闌，襟袖起涼飈。
天末殘星流電未滅，閃閃隔林梢。
又是曉雞聲斷，陽烏光動，漸分山路迢迢。

驅驅行役，苒苒光陰，蠅頭利祿，蝸角功名，畢竟成何事、漫相高。
抛擲雲泉，狎玩塵土，壯節等閒消。
幸有五湖煙浪，一船風月，會須歸去老漁樵。

柳永之外，擅長慢曲的詞家，如張先（西元九九〇—一〇七八）、秦觀（西元一〇四九－一一〇〇）等人都是北宋詞風轉變的關鍵人物之一，他們曾受柳永的影響，可是寫的長調卻不像柳永那麼徹底、那麼巧妙，所以無法相媲美。不過由於他們的詞清麗和婉，風格遒上，使慢詞趨向淳雅，再度引起士大夫層面的興趣與關心。

北宋前期的詞，形式上，不論歐陽脩、二晏的小令，或秦觀、柳永的慢詞；風格上，不論典雅或俚俗，都沒有突破「詞為豔科」的藩籬；內容大都局限於男女的悲歡離合，一己的春愁秋恨，與無端閒愁。「靡靡之音」充滿詞壇，風格更是柔弱無力。他們以遊戲態度，在作詩為文之餘才去填詞，或者由於環境的關係，替樂工官妓而倚新聲，往往視為「小道」，不敢自躋「大雅」之林。這種情況到了豪放派領袖蘇東坡（西元一〇三七－一一〇一）才有突破性的發展。他首先打破傳統的狹隘觀念，開拓詞的領域、提高詞的地位、經營詞的意境，使詞脫離小道末技，達到與詩文同樣的莊嚴地位。胡寅云：

> 眉山蘇氏，一洗綺羅薌澤之態，擺脫綢繆宛轉之度。使人登高望遠，舉首高歌，而逸懷浩氣，超然乎塵垢之外。於是花間為皁隸，而柳氏為輿臺乎。（《酒邊詞．序》）

王灼亦云：

東坡先生非心醉於音律者，偶爾作歌，指出向上一路，新天下耳目，弄筆者始知自振。（《碧雞漫志》）

東坡以卓犖不群的自尊、高雅磊落的人格，加上天資學問，與豁達胸襟，形諸詞篇，造成逸懷浩氣的風格。晁補之說他：「橫放傑出，自是曲子內縛不住者。」（《詞林紀事》引）劉辰翁也說：「詞至東坡，傾蕩磊落，如詩、如文、如天地奇觀。」（《須溪集・辛稼軒詞序》）雖然，他的詞難免有「不諧音律」（晁補之《詞林紀事》引）與「要非本色」（陳師道《後山詩話》）等攻訐，然而，蘇詞高處，「出神入天」，足以「開拓萬古之心胸，推倒一世之豪傑。」他的詞，豪放高曠、清麗韶秀，兼而有之，以宋詞比唐詩，則東坡似太白。例如〈念奴嬌〉（赤壁懷古）：

大江東去，浪淘盡，千古風流人物。
故壘西邊，人道是、三國周郎赤壁。
亂石崩雲，驚濤裂岸，捲起千堆雪。
江山如畫，一時多少豪傑。

遙想公瑾當年，小喬初嫁了，雄姿英發。
羽扇綸巾，談笑間、強虜灰飛煙滅。
故國神遊，多情應笑我，早生華髮。
人生如夢，一尊還酹江月。

再如〈定風波〉：

莫聽穿林打葉聲，
何妨吟嘯且徐行。
竹杖芒鞋輕勝馬，
誰怕？
一簑煙雨任平生。
料峭春風吹酒醒，
微冷，

山頭斜照卻相迎。
回首向來蕭瑟處，
歸去，
也無風雨也無晴。

不僅橫放傑出，而且字裡行間有自己的人格、學問、情感與思想，這是東坡詞的獨特之所在。

柳永在形式上使宋詞恢張，蘇軾在內容上使宋詞開拓，在宋詞發展上，他們都可說是極為重要的角色。然而，柳永為迎合大眾的趣味，「骫骳（ㄨㄟˇ ㄅㄧˋ wěi bì）從俗」（陳師道《後山詩話》）難免「詞語塵下」，風格纖佻鄙俗，因此頗不為士大夫所賞識。蘇軾以「橫放傑出」的才情，開闢疆宇，可是他的詞句多不協律，當世以為「要非本色」，加上他的詞境「出神入天」，境界高妙，很不容易被時俗所理解。於是，折衷於兩者之間的「典型詞派」便應運而生了。此派特別講究詞句的渾雅，與音律的和諧，以挽救柳、蘇詞的缺失。標幟一出，風起雲湧。

典型詞派的作家，以「負一代詞名」的周邦彥（西元一〇五六—一一二一）為領袖，他是詞的「集大成者」（周濟《宋四家詞選・序論》）。由於美成「好音樂，能自度曲。」

（《宋史‧文苑傳》）又「盡力於辭章」，並且在宋徽宗時提舉大晟府，有機會「討論古音，審定古調。……又復增演慢曲、引、近，或移宮換羽，為三犯、四犯之曲。」（張炎《詞源》）對柳、蘇詞調和融化，棄短取長，建立形式格律化，並推動樂曲的發展，成為北宋後期詞風轉變的樞紐。所以，陳廷焯《白雨齋詞話》說：

詞至美成，乃有大宗；前收蘇、秦之終，後開姜、史之始。自有詞人以來，不得不推為巨擘。

一部《片玉詞》就是他理論的實踐。然而音律嚴整，詞句工麗，多詠豔情、景物是它主要特色。例如：

風老鶯雛，雨肥梅子，午陰嘉樹清圓。
地卑山近，衣潤費爐煙。
人靜烏鳶自樂，小橋外、新綠濺濺。
凭欄久，黃蘆苦竹，擬泛九江船。

年年如社燕，飄流瀚海，來寄修椽。
且莫思身外，長近罇前。
顦顇江南倦客，不堪聽、急管繁絃。
歌筵畔，先安簟枕，容我醉時眠。（〈滿庭芳〉）

整闋詞既無柳永「詞語塵下」的弊病，也無蘇軾「多不協律」的缺欠，所以，不但為文人學士所賞識，也為伶工歌妓所喜愛，真是雅俗共賞了。

宋欽宗靖康元（西元一一二六）年，金兵陷汴京，次年，徽宗、欽宗及后妃太子宗戚三千多人被俘擄北去。徽宗第九子康王趙構即位於南京（今河南商丘），改元建炎，是為南宋。面對此一政治劇變，一時慷慨之士，莫不攘臂激昂，各抱恢復失土的雄心壯志，慷慨、悲痛的心情，發為歌詞，不假雕琢，蒼涼激壯，自是曲子內縛不住的。所以，南宋前期約五十年的詞風，多少連接東坡的橫放系統。像朱敦儒、陸游（西元一一二五—一二〇九）、辛棄疾（西元一一四〇—一二〇七）、張孝祥等人為此期代表詞家。下面特別鈔錄他們的代表詞作，以窺其成就之一斑。

朱敦儒〈相見歡〉：

金陵城上西樓，倚清秋。
萬里夕陽垂地、大江流。
中原亂，簪纓散，幾時收。
試倩悲風吹淚、過揚州。

陸游〈夜遊宮〉：

雲曉清笳亂起，
夢遊處、不知何地。
鐵騎無聲望似水，
想關河，雁門西，青海際。
睡覺寒燈裡，
漏聲斷、月斜窗紙。
自許封侯在萬里，

有誰知，鬢雖殘，心未死。

辛棄疾〈水龍吟〉：

楚天千里清秋，水隨天去秋無際。
遙岑遠目，獻愁供恨，玉簪螺髻。
落日樓頭，斷鴻聲裡，江南遊子。
把吳鉤看了，欄干拍遍，無人會，登臨意。

休說鱸魚堪膾，
儘西風、季鷹歸未？
求田問舍，怕應羞見，劉郎才氣。
可惜流年，憂愁風雨，樹猶如此。
倩何人喚取，紅巾翠袖，揾英雄淚。

張孝祥〈六州歌頭〉：

長淮望斷，關塞莽然平。
征塵暗，霜風勁，悄邊聲。
黯消凝，
追想當年事，殆天數，非人力，洙泗上，絃歌地，亦羶腥。
隔水氈鄉落日，牛羊下、區脫縱橫。
看名王宵獵，騎火一川明。
笳鼓悲鳴，
遣人驚。

念腰間箭，匣中劍，空埃蠹，竟何成？
時易失，心徒壯，歲將零。
渺神京，
干羽方懷遠，靜烽燧，且休兵。
冠蓋使，紛馳鶩，若為情。
聞道中原遺老，常南望、翠葆霓旌。

使行人到此，忠憤填膺。有淚如傾。

其中以辛棄疾的歌詞造詣最為特殊，與北宋詞人蘇軾並稱「蘇、辛」。棄疾二十三歲時，從金源歸南宋，是位雄心壯志的積極人物，然而，在南宋高、孝、光、寧四朝的政局、派系，與個人的身世際遇等因素下，終於使他無法「了卻君王天下事，贏得生前身後名。」（〈破陣子〉）的願望，所以，他的詞篇，有慷慨激昂，有憤懣悲涼，也有英雄失意的悲愴，就棄疾的生命史看，他是位道道地地的悲劇英雄。王國維《人間詞話》云：

東坡之詞曠，稼軒之詞豪。

對於「蘇、辛」豪放的差異，王氏從性情懷抱上著眼，識照可謂卓絕。曠，就是能擺脫；豪，就是能擔當。能擺脫，所以能瀟灑，胸襟曠達，遇事總是從窄往寬處想，東坡詞的特徵在此。能擔當，所以能豪邁，境遇拂逆，無路可走之時，能夠挺然特立，昂首闊步，稼軒詞的特色在此。不過，曠與豪，是性情的兩面，都屬於陽剛美，張爾田說得好：「蘇辛筆力，如錐畫沙。」

稼軒繼承東坡遺緒，以北人「深裘大馬」的姿態，與「才情富豔，思力果銳。」（周濟《介存齋論詞雜著》）使豪放派得到發揚光大。他的詞，在內容方面，詩詞散文合流，所謂「《論》、《孟》、《詩．小序》、《左氏春秋》、《南華》、〈離騷〉、《史》、《漢》、《世說》、《選學》、李杜詩，拉雜運用。」比東坡更大膽、更徹底。內容方面，無意不可入，無事不可言。但無論利用任何題材，都能融會貫通，處處表現作者的性情與人格。所以，《四庫提要》說：「其詞慷慨縱橫，有不可一世之概。於倚聲家為變調。而異軍特起，能於剪紅刻翠之外，屹然別立一宗，迄今不廢。」至於風格方面，他的表現多采多姿，豪放、穠麗兼有，劉克莊云：「公（稼軒）所作，大聲鞺鞳（ㄊㄤ ㄊㄚˋ tāng tà），小聲鏗鍧（ㄎㄥ ㄏㄨㄥ kēng hōng），橫絕六合，掃空萬古。其穠麗綿密者，亦不在小晏、秦郎之下。」（《後邨詩話》）嚴格說來，稼軒詞雖有穠麗之作，畢竟少數，激昂橫絕才是他的本色。

宋高宗紹興十一（西元一一四一）年，宋、金和議成，次年，金遣使以袞冕冊封高宗為帝，從此開始偏安的局面。當時雖不乏力主恢復的志士，但是高宗的苟安心理，與主戰派的不得志，終於使他們的雄心壯志逐漸消沉（這又可從朱敦儒、陸游、辛棄疾等人後期詞作的「悲愴無奈」看出）。加上杭州風光醉人，士大夫沉溺於舞榭歌臺，所謂「山外青山樓外樓，西湖歌舞幾時休？暖風熏得遊人醉，直把杭州作汴州。」在杯酒交歡，聯吟結社之際，再度引起他們追求形式、講究詞法、推敲字句、研索聲韻的興趣與餘裕。當然，也因此，使南宋晚期詞壇走向格律化，踵武周邦彥的典型詞派。像姜夔、吳文英、王沂孫、張炎等都是此派的代表作家。其中，以姜、吳、張三人最具特色，張炎曾說：

詞要清空，不要質實。清空則古雅峭拔，質實則凝澀晦昧。姜白石如野雲孤飛，去留無跡。吳夢窗詞如七寶樓臺，眩人眼目，碎拆下來，不成片段。此清空質實之說。（《詞源》）

就兩家風格來說，雖有清空質實之別，然而，他們審音創調、琢鍊字句、妙用典故的情況卻是一致的。姜夔妙解音律，能自度曲，又有歌妓肄習歌聲，所謂「自作新詞韻最嬌，小紅低唱我吹簫。曲終過盡松陵路，回首煙波廿四橋。」因此，他的詞句注重典雅，聲韻力求精嚴，有周邦彥風調。陳廷焯云：

美成、白石，各有至處，不必過為軒輊。頓挫之妙，理法之精，千古詞宗，自屬美成；而氣體之超妙，則白石獨有千古，美成亦不能至。（《白雨齋詞話》）

可見姜夔在南宋晚期詞壇的地位與影響力。他的詞，像〈點絳脣〉、〈一萼紅〉、〈念奴嬌〉、〈揚州慢〉、〈暗香〉、〈疏影〉等闋都是名作代表，極其耐人尋味。

周邦彥的詞風工麗，姜夔的詞風清空，兩人都有相當的成就，而吳文英在兩家風格之外，別開奇麗蹊徑，他們的詞時露「意識流」手法，造成時空錯綜複雜的效果，將宋詞比唐詩，則夢窗似義山。歷來詞論家對他的表現，毀多於譽，張炎的看法，與沈義父：「夢窗得清真之妙，其失在用事下語太晦處，人不可曉。」（《樂府指迷》）一致，直接說出夢窗的晦澀難懂。不過，正如周濟所說的「夢窗每於空際轉身，非具大神力不能。」（《介存齋論詞雜著》）夢窗的晦澀也就是他的特色，那麼，對他的代表詞作，像〈齊天樂〉（與馮深居登禹陵）、〈高陽臺〉（豐樂樓）、〈八聲甘州〉（靈巖陪庾幕諸公遊），恐怕有待仔細去玩味了。

張炎是姜夔、吳文英這一系統的繼承者，也是此派詞風的後進。他精於詞學，強調「詞以協律為先」（《詞源·音譜》），並認為詞要「字字敲打得響，歌誦妥溜，方為本色語。」他與王沂孫、周密的詞，以渾雅、空靈、含蓄見長，筆調委婉曲折，感情低徊掩抑，主題隱晦不明。像張炎的〈綺羅香〉（紅葉）、〈西子妝慢〉諸闋詞就是例證。《詞林紀事》引樓敬思云：

南宋詞人，姜白石外，惟張玉田能以翻筆側筆取勝，其章法句法俱超。清虛騷雅，可謂脫盡蹊徑，自成一家。

就詞的音律、形式、風格，及表現手法而言，張炎的詞，已達到無以復加的地步，但是輝煌的詞藝正也告示了兩宋詞的結束。

我們不憚其煩地從詞的起源時代，與興起背景等問題的探索，到唐宋詞風轉變的縷析，無非想深刻去了解詞的發展史與特性，從而認知中國文字的音樂潛能，與抒情傳統的魅力。

《全宋詞》，共收詞家一千一百餘人，作品兩萬多闋，不可不謂繁富，若加上唐、五代未經著錄的作品，當不在此數。其中精華、糟粕紛陳，鑑賞起來頗為不便。自清代以來，雖有朱彝尊《詞綜》、張惠言《詞選》，及朱孝臧《宋詞三百首》等權威選本，但都憑個人喜好，很少注意到詞史的客觀性。我們的嘗試正針對上述的缺點，希望能更理想地重新編選，所以，就詞的發展脈絡，選擇重要詞家的代表作品來分析，所謂「入門須正」，由大家入手即是。但必須說明的是，由於篇幅的關係，我們僅能介紹二十三家及其名作賞析七十一闋（包括賞析四十二闋，語譯二十九闋）。遺珠之恨，在所難免。

個人在探索過程，曾參考唐圭璋、俞平伯、王了一、胡雲翼、鄭因百、林玫儀等先生的著作與觀點，獲益匪淺，並此致謝。

【附註】

①敦煌曲《雲謠集》雜曲子，共有三十首。它的抄寫年代，最遲在後梁末帝龍德二（西元九二二）年，距唐代亡國不到十五年。編撰的時間，在後梁以前。

②據歐陽炯撰《花間集·序》署「時大蜀廣政三年」，可知趙崇祚《花間集》編成於西元九四〇年。

③例如：「爭奈心性，未會先憐佳婿。長是夜深，不肯便入鴛被。與解羅裳，盈盈背立銀缸，卻道你但先睡。」（〈鬥百花〉）

下篇
各家名作賞析

溫庭筠（西元八〇六？—八七三？）

在晚唐文壇，溫庭筠是位造詣特殊的人物。他的詩，駢儷繁縟，與李商隱、段成式號稱「三十六體」（《新唐書．李商隱傳》）；他的詞，流麗香豔，與韋莊同為《花間集》領袖，清代況周頤《蕙風詞話》云：

> 韋文靖（莊）與溫方城（庭筠）齊名。熏香掬豔，眩目醉心，尤能運疏入密，寓濃於淡。花間群賢，殆鮮其匹。

可見其成就之一斑。

溫庭筠，字飛卿，本名岐，一名庭雲，太原人。約生於唐憲宗元和中，卒於懿宗咸通末，年六十左右。是唐朝開國功臣溫彥博的六世孫。他的面貌奇陋，時人稱為「溫鍾馗」。他的才氣過人，作賦都不必打草稿，籠袖憑几，一韻只要一吟，所以有「溫八吟」的雅號。可是他「士行塵雜，不修邊幅」（《舊唐書》本傳），又喜歡譏刺權貴，多犯忌諱，因此屢試不第。後來被任命為方城尉。再遷為隋州隋縣尉。徐商任襄陽太守，他前往依附，謀得巡官一職。

唐懿宗咸通年間，徐商被召入朝為相，庭筠前赴江東，路經廣陵，當時令狐綯坐鎮淮南，庭筠對他頗為不滿，所以，沒有拜見令狐綯，便跟一些新進少年逛遊狎邪。後來在揚子院犯了夜禁，被虞候傷得臉毀齒斷，才向令狐綯控訴，逮捕虞候嚴辦，但是虞候反說他狎邪醜跡，最後，令狐綯把他們兩人都釋放了。從此，他的醜事傳聞京師。後來，徐商以他為國子助教，可是好景不常，等到徐商罷相出鎮荊州時，他也被廢除了。從此他流落江湖，潦倒以終。

庭筠性情浪漫，「能逐絃吹之音，為側豔之詞」（《舊唐書》本傳），很受歌妓歡迎。他的詞有《握蘭》、《金荃》兩集，是詞人有詞集的開始，原本現已不傳，今存六十多首。王國維《人間詞話》曾說：

> 「畫屏金鷓鴣」飛卿語也，其詞品似之。

似就風格而言，其實，他的詞「大半託詞房帷」（清陳廷焯《白雨齋詞話》），對於女性的心理刻劃是他的專長，例如：〈更漏子〉（玉爐香）、〈夢江南〉、〈菩薩蠻〉（小山重疊金明滅）等闋詞都可算是他的代表作。下面我們特別分析他的〈菩薩蠻〉，以窺其詞藝上的造詣。

菩薩蠻

【原詞】

小山重疊金明滅，
鬢雲欲度香腮雪。
嬾起畫蛾眉，
弄妝梳洗遲。

【語譯】

床榻邊的小屏風，在晨曦的映照下，金碧山水忽明忽暗，睡美人烏溜溜的鬢髮，撩亂地掩蓋清香白嫩的臉蛋。早上已過了一大半，她才嬾（同懶）洋洋地起床梳妝打扮，描繪出彎而長的眉毛。

照花前後鏡，
花面交相映。
新貼繡羅襦，
雙雙金鷓鴣。

在大圓鏡前她手拿著小圓鏡，前後相對，左盼右顧髮上的飾花，看到自己如花一般嬌豔的容顏，她嫣然一笑。穿上剛熨平的絲綢短衣，瞧著繡在衣服上雙雙對對的金鷓鴣，她彷彿聽到「行不得也哥哥，行不得也哥哥……」聲聲傳來，縈迴耳際。

【賞析】

在中國詞史上，溫庭筠、韋莊兩人經常被相提並論，一婉約、一豪放；換句話說，溫庭筠的表現手法委婉含蓄，借題取喻，主旨由讀者去想像、推敲，所以，在美的範疇裡，屬於婉約派、陰柔美。韋莊的表現手法則為奔放坦率，直抒胸臆，主題容易被讀者捕捉到、領略到，在美的範疇上，屬於陽剛派、雄壯美。鄭因百先生說：

飛卿託物寄情，端己直抒胸臆；
飛卿詞深美，端己詞清俊。（〈三十家詞選序論〉）

是針對他們的美感特性而言。至於形式上，溫詞的語言，比較偏向穠麗雕琢；韋詞的語言，則趨向疏淡自然。像〈菩薩蠻〉一詞，是典型的溫氏詞風。

歷來詞評家在討論這闋詞的時候，觀點幾乎相同，大致以為它是在描寫一位美人晨起化妝的情態。當然，也有人以為「此感士不遇也」，如張惠言的《詞選》即是。我們認為，基本上，這是一闋以客觀手法表現的閨怨詞，因閨怨的情愫而慵懶、遲起、化妝、簪花、穿衣，而心事湧現，一脈下來，心理變化清晰可辨。讀來教人佩服作者敏銳的觀察力與高妙的心理刻劃。這與《詩經》衛風的〈伯兮〉：

自伯之東，首如飛蓬，
豈無膏沐？誰適為容！（第二章）

在藝術造詣上可相媲美。

一般說來，中國的閨怨文學，大都出自士子之手，因此，經常被認為多少有寓意的味道。我們的看法是，詩歌的鑑賞要依據詩的脈絡，貼合詞義結構，不可過分深求，隨意附會，如此才會得到客觀的詩趣與美感。我們說溫氏這闋是閨怨詞，正根據上述的觀點。

上闋開始兩句：

小山重疊金明滅，
鬢雲欲度香腮雪。

先由室內裝飾小屏風寫起，再刻劃嬌臥未起的睡美人，筆觸相當仔細。第一句敘述畫屏上金碧山水忽明忽暗，暗示時間是旭日初升。第二句描寫睡美人烏溜溜的亂髮（鬢髮）與雪白的香腮，「欲度」，即「欲掩」，把鬢髮擬人化，賦予一親芳澤的欲念，不僅鮮活，而且很能誘人非分的想望。尤其把鬢髮的「烏黑」與香腮的「雪白」相襯，除了色澤顯著外，也點出了睡美人的嬌貴，這與上句的室內裝飾一致，相得益彰。接著：

嬾起畫蛾眉，
弄妝梳洗遲。

展示怨婦的情緒，與不得不妝扮的愛美心理。唐代詩人杜荀鶴有一首〈春宮怨〉：

早被嬋娟誤，欲妝臨鏡慵。
承恩不在貌，教妾若為容。

描寫的情境，與溫氏大致相同，不過一為詩一為詞，溫詞的詞義比較明顯、傳神。特別是「弄」字，更彰顯了睡美人刻意美化自己的心理。

下闋開始兩句：

照花前後鏡，
花面交相映。

承上而來，除了補述妝扮之外，也說明了妝扮的細緻。美人手拿著小圓鏡，面向大圓鏡，前後映照，左盼右顧頭髮上所戴的花，可見其美化自己容姿的細心與耐心。至於「花面交相映」，則流露美人的孤芳自賞，當她注視著自己如花一般嬌豔的容顏，她不禁對著鏡子嫣然一笑。最後兩句：

新貼繡羅襦，
雙雙金鷓鴣。

說明了美人妝扮的全部經過，也可以說是：美的完成。當她穿上才熨平的絲綢短衣，得意瞧著繡在衣服上雙雙對對的金鷓鴣時，她臉上的表情突然呈現一抹淡淡的哀愁，彷彿有「行不得也哥哥」的鳴叫，一聲聲的傳來，縈迴耳際。是了，那是對心上人的一種期盼、一種呼喚。「鷓鴣」是鳥名，似鶉而大，背蒼灰色，有紫色斑點，腹前有白圓點，牠的叫聲很像是「行不得也哥哥」。金鷓鴣，是繡在衣服上的金色鷓鴣，美人特別安排「雙雙」，可見她的用意多麼深遠。這是意在言外的手法，我們不能輕易放過，因為溫氏託物寄情，需要我們去想像、去推敲，才能活現它的情韻。

以下附錄〈望江南〉、〈更漏子〉二首、更可見其風格。

【附錄】

（一）望江南

【原詞】

梳洗罷，獨倚望江樓。
過盡千帆皆不是，
斜暉脈脈水悠悠。
腸斷白蘋洲。

【語譯】

清晨自愁夢中醒來，勉強梳洗後，就獨自倚著樓閣，凝望碧波萬頃的江流。一片片歸帆跳入眼簾，引起一陣陣內心的激動；可是，過盡了千片的帆影，都不是我所渴盼的。時光在等待中溜逝了，到黃昏時，落日的斜暉映著悠悠的江水，真是戀戀不捨的樣子。無盡的期望似乎等於無盡的落空，悵望著長滿白蘋草的沙洲，它的飄浮不定，又勾起我深深的愁傷。

（二）更漏子

【原詞】

玉爐香，紅燭淚。
偏照畫堂秋思。
眉翠薄，鬢雲殘，
夜長衾枕寒。
梧桐樹，
三更雨。
不道離情正苦。
一葉葉，一聲聲，
空階滴到明。

【語譯】

玉爐的薰香瀰漫了畫堂，兀自垂淚的紅燭，偏偏映照著我清冷的秋思。眉間的翠黛已淡，梳就的鬢髮也已殘落。這漫漫的長夜呵，讓我覺得被褥和枕頭格外的淒寒。

三更了，窗外的梧桐樹想來滿身是雨吧？它好像不知道屋裡有個正為離情所苦的人兒，所以，那樣恣意地任雨珠灑遍它的每一片葉子，一聲一聲，一點一滴，把空蕪的庭階直拍打到天明。

韋莊（西元八三六—九一〇）

在《花間集》裡，豪放的韋莊與婉約的溫庭筠，並為領袖。然而韋莊的詞「情深語秀」（王國維《人間詞話》），「似直而紆，似達而鬱，最為詞中勝境」（陳廷焯《白雨齋詞話》），因此，在中國詞史上獨樹一幟，耐人尋味。

韋莊，字端己，京兆杜陵（今陝西長安縣）人。唐文宗開成元（西元八三六）年生，是中唐自然詩人蘇州刺史韋應物的第四代孫。少小孤貧，卻勉勵向學。曾經僑居白居易的故鄉——下邽，當時白居易還健在，所以韋莊平易的詩風，很可能受到白氏的影響。

唐僖宗廣明元（西元八八〇）年，韋莊四十五歲，應舉長安，恰逢黃巢叛亂，身陷長安。中和三（西元八八三）年，在洛陽寫下一千六百多字的長詩〈秦婦吟〉，藉秦婦口述，描繪故國社會亂離景象，一時有「秦婦吟秀才」的美譽。後來，他帶著家眷逃到江南。

唐昭宗景福二（西元八九三）年，韋莊入京應試，結果名落孫山。次年（昭宗乾寧元年），他已五十九歲，才考上進士，授校書郎。難怪他悲從中來，吟道：

> 十年身世各如萍，白首相逢淚滿纓。（〈與東吳生相遇〉）

光化三（西元九〇〇）年，入蜀依附西川節度使王建，擔任掌書記。後來，朱全忠篡唐，改國號為梁。王建也據蜀稱帝，國號為前蜀，並以韋莊為宰相，因此開國制度，都由韋莊一手策劃。他累遷到吏部侍郎，同平章事，死後，諡為「文靖」。

韋莊曾經在浣花溪找到杜甫成都草堂遺址，於是蓋了一座茅屋為居室，並把他的詩集名為《浣花集》。劉毓盤曾為他編輯《浣花詞》一卷，共有五十五闋。

韋莊才敏過人，疏曠不拘小節；半生漂泊，感情婉轉悲切。他的詞，豪放中蘊含曲折，疏淡裡不失清俊。周濟說他：

> 端己詞清豔絕倫，初日芙蓉春月柳，使人想見風度。（《介存齋論詞雜著》）

可謂持平之論。下面我們擬就〈菩薩蠻〉五首之二加以分析，以便進一步去了解《浣花詞》的真相。

菩薩蠻

【原詞】

人人盡說江南好，
遊人只合江南老。
春水碧於天，
畫船聽雨眠。

壚邊人似月，
皓腕凝霜雪。
未老莫還鄉，
還鄉須斷腸。

【語譯】

向來大家都說江南的風光好極了，在外旅遊的人真只該老守江南啊！為什麼呢？你沒聽過這兒的水到了春天，藍得比天空還藍，這兒有的是在畫船裡聽雨而眠的情致。

有一位當爐賣酒的江南女兒，清秀得像天邊的明月，她那柔嫩的手腕恍若凝聚著霜雪般的白細。所以，不到兩鬢花白的人是不必還鄉去的，還鄉總教人心碎斷腸。

【賞析】

韋莊的〈菩薩蠻〉詞共有五首，大概是他晚年追憶平生舊遊的作品，內容也不是一人一地一事。

現在我們要分析的是第二首。它主要是在描述遊子漂泊江南的經歷，以及內心強烈的鄉愁。

開始二句：

人人盡說江南好，
遊人只合江南老。

先以別人的口吻直接披露「江南」的迷人好風光。當中隱含著向遊人勸留的情意。「遊人」——漂泊的旅人——在「江南」——異鄉——原來就是「獨在異鄉為異客」，其心情是無奈、悲涼的，在這兒特別安排「只合」——只有合該——兩字，顯然是非常矛盾的。除非像賈島「客舍并州已十霜，歸心日夜憶咸陽。無端更渡桑乾水，卻望并州是故鄉。」（〈渡桑乾〉）的迷惘，否則，「人情同於懷土兮，豈窮達而易心」的原則是不變的，正如賀知章「少小離家老大回，鄉音無改鬢毛衰」（〈回鄉偶書〉）的根源意識，家鄉，永遠是漂泊旅人心靈裡的呼喚者、撫慰者。

如此說來，箇中滋味便值得推敲了。從韋莊的生命史上看，他一生飽經離亂之痛，恰逢中原鼎革之際，不得已為漂泊旅人。他有家歸不得，淪落「江南」，這種苦衷，一句「遊人只合江南老」作了許多的撫慰，並且激切地指控（揶揄）「中原」的混亂。

「江南」這一地理意象的再現，充分說明了「江南」的美好平和之外，也強烈反映人人憧憬此一「樂園」的心願，像白居易〈憶江南〉：

江南好，風景舊曾諳。
日出江花紅勝火，春來江水綠如藍，能不憶江南？

和盤托出了「江南」的魅力。

下面兩句，甚至下闋前兩句全力鋪述「江南好」的內在，以及「遊人只合江南老」的理由。

「春水碧於天」，即白居易所說的「春來江水綠如藍」，是指「春水」的明媚，景致怡人，置身其中，可以蕩滌情志，寵辱皆忘，把如意、不如意的心事，一古腦拋棄。因為視覺經驗告訴我們，藍澄澄的色澤具有平和心靈的作用。「畫船聽雨眠」，是江南生活中的一份閒情，屬於聽覺上的享受，這裡的「雨」，是指「春雨」，它經常是綿綿的。在「畫船」上聽「綿綿春雨」敲篷擊水，此種樂趣真教人不羨仙了。倘若說「春水碧於天」是靜態的視覺意象，那麼，「畫船聽雨眠」便是動態的聽覺意象。這兩句把「江南」變化無窮的風光，具體而微地展示出來。

下闋開始兩句：

壚邊人似月，
皓腕凝霜雪。

是承上面而來，補充「江南好」的迷人內蘊。大致上說，前面所寫的，都只在風景上，這兩句的出現，使「江南」的形象鮮活起來，更為媚人。當然，之所謂「好」，亦更具有實際性與說服力。「壚邊人」，指賣酒的江南姑娘，她們清秀得像天上明月，賣酒之際，攘袖舉手露出如霜雪般的白細柔膩的雙腕，真是一派撩人。有了江南美女，使江南多上了濃厚的人情味，如此，「江南」之「好」更讓遊人留戀，樂不思蜀了。

最後兩句：

未老莫還鄉，
還鄉須斷腸。

表面上看是承繼而來，可是，情境與上闋前兩句脈絡是密接的。遊人身在「江南」，心繫「故鄉」，「還鄉」的意願是念念不忘的。所以「未老莫還鄉」表象是懸接「遊人只合江南老」，其實也反襯他內心深處觸摸不得的心事。「莫」字加在「還鄉」上面，表現非常決絕、無奈的語氣，然則，這畢竟是「未老」階段的想法，這時候他可以暫莫還鄉，漂泊江南，可是終老故鄉的念頭卻在內心潛伏滋長著。

「還鄉須斷腸」，補充上述「莫還鄉」的緣故，這句看似簡單平易，含意卻是深邃曲折。「須」字，說得相當肯定，是無可置疑的情況。它不僅點出了有家歸不得的悲哀，同時也揭發了還鄉後，物是人非，滿目蕭索，使人悲痛腸斷的中原景觀。

「還鄉」二次出現，流露作者強烈的回歸意願，可是令人感到悲哀的是，此種回歸意願是建立在無奈、激憤的情緒上。非常有趣的是，作者在上闋連用二次「江南」，勸留之情，極為強烈；可是在下闋「還鄉」再度出現，無形中增加不少的張力與矛盾，正好反映遊人潛在的回歸心願。不過，在中原紛亂的情勢下，這位漂泊的旅人只好生活在掙扎、矛盾的未來歲月裡了。

【附錄】

女冠子

【原詞】

四月十七，正是去年今日。
別君時，
忍淚佯低面，含羞半斂眉。
不知魂已斷，空有夢相隨。
除卻天邊月，沒人知。

【語譯】

想起去年的今天——四月十七日，正是我們分手的日子。猶記得攢眉含羞的妳，強忍住小河般的淚水，假裝低著頭沉思。

我不清楚是否別了妳以後，魂魄就漂泊起來，只是常常在夢中與妳相依相隨。我想，除了天邊的明月，是沒有人能了解我們相愛相親到底有多深。

李璟（西元九一六—九六一）

李璟，字伯玉，徐州人。生於梁末帝貞明二（西元九一六）年。是南唐開國君主烈祖李昪的長子。他長得眉目如畫，「神采精粹」、「器宇高邁」，好學能詩，對政治沒多大興趣，曾經打算在廬山瀑布之下築一書齋作隱士，卻沒想到在昪元五（西元九四三）年繼任皇位，是為中宗，又稱元宗。即位後改元為保大。

保大十四（西元九五六）年正月，周世宗親征南唐，二月襲擊清流關（安徽滁縣西北），元宗派使奉表稱臣。第二年二月，北周大軍南下，江北淪陷。五月，南唐去帝號稱王，奉周正朔。

宋太祖建隆二（西元九六一）年，遷都洪州，以太子李煜留守金陵。可是南都迫隘，群僚都想回去。元宗也後悔南遷，北望金陵，鬱鬱不樂，次年（西元九六二）去世。

中主是具有文人氣質的君主，他喜歡作詞。有一次曾經開馮延巳的玩笑說：「『吹縐一池春水』（按：此為馮延巳〈謁金門〉詞句），干卿底事？」馮延巳機警地回答：「未如陛下『小樓吹徹玉笙寒』。」（按：此為李璟〈攤破浣溪沙〉詞句）中主為之絕倒。他的詞只有四闋傳世。像：

手卷真珠上玉鉤，
依前春恨鎖重樓。
風裡落花誰是主，思悠悠。

青鳥不傳雲外信，
丁香空結雨中愁。
回首綠波三峽暮，接天流。（〈攤破浣溪沙〉）

筆觸細微，詞句清新，充分表現他卓越的才情。至於內容委婉哀愁，高潔的情感，與《花間集》的濃豔嬌饒是大異其趣的。

攤破浣溪沙

【原詞】

菡（ㄏㄢˋ hàn）萏（ㄉㄢˋ dàn）香銷翠葉殘，
西風愁起綠波間。
還與韶光共顦顇，不堪看！
細雨夢回雞塞遠，
小樓吹徹玉笙寒。
多少淚珠何限恨、倚闌干。

【語譯】

陣陣的秋風在綠波間捲起一股股愁浪，昔日丰秀的荷花如今已香銷葉殘，只剩得梗梗枯荷，好像跟著人間的韶光一起憔悴了，真令人不忍卒看！

密雨如織中渾然入夢，殘宵夢醒時，猛覺雞塞迢遠、一身孤零。什麼人在小樓裡吹著玉笙，吹著吹著，彷彿把邊境徹夜的淒寒都吹盡了。再多的淚珠流盡了，又怎能傾訴生命凋殘的憾恨於萬一呢？這樣的細雨、這樣的殘夜裡，有多少人像我這樣獨倚欄杆、獨熬悽楚？

【賞析】

中主李璟的詞作不多，目前流傳下來的，只有四首（據唐圭璋《南唐二主詞彙箋》），其中，以這闋〈攤破浣溪沙〉最為著名。王國維《人間詞話》云：

> 南唐中主詞「菡萏香銷翠葉殘，西風愁起綠波間。」大有眾芳蕪穢，美人遲暮之感。乃古今獨賞其「細雨夢回雞塞遠，小樓吹徹玉笙寒。」故知解人正不易得。

據說此詞是中主在北苑曲宴時所作，並賜給樂部歌人王感化，後主李煜即位南京，王感化獻上這闋，後主看了極為感動。（見《十國春秋》）可見這闋詞的藝術造詣。

表面上看來，這是一闋寫秋恨的詞篇，但是，由於中主無意間挹注個人的思想、經驗，在匠心獨運之下，增加了意義的深廣度，因此，很容易讓讀者作多樣的體會與聯想，像王國維就是其中例證之一。當然，這也充分說明了它主題的複雜性。

上半闋開始二句：

菡萏香銷翠葉殘，
西風愁起綠波間。

描寫秋風的恣肆與凋零的景象，「秋」這一意象，在中國傳統文學裡，一直扮演蕭瑟、死神的角色，早在宋玉的〈九辯〉就曾指出：「悲哉！秋之為氣也，蕭瑟兮草木搖落而變衰。」後來，杜甫的〈秋興〉，與歐陽脩的〈秋聲賦〉，更是淋漓盡致地雕塑了「秋」的恐怖形象與摧毀力。

在這裡，我們似乎也可體會出，中主所感覺到的那份蕭瑟凋零、滿目淒涼的氣氛來。「菡萏」，即是荷花的別稱，它出淤泥而不染，展示完美的形象，亭亭玉立，恰似君子的風範。「香銷翠葉殘」蘊含荷花盛衰消長的生命循環，它來自淤泥，又將回歸淤泥，是尋常的現象，然而，正因為它由盛（輝煌）而衰（寂寞），又在「秋」風的淫威之下，詞人猝然目睹，情不自禁地引起悲憤，其中「西風愁起綠波間」的「愁」字，顯然是詞人感情的投射，所謂「以我觀物，故物皆著我之色彩」的結果。

三、四兩句：

還與韶光共顦顇，不堪看。

承上而來，因物興情，申述自己的感觸。詞人以悲憫的情懷，面對眼前的破敗景象，心有戚戚焉，由（外在）荷花的凋零，觸發（內在）有關人生的傷感。的確，人生歷程正如荷花的開落，那麼它的衰敗凋零，就好像青春時光的虛度衰老，詞人眼看著一池殘荷，心想著自身的憔悴，悲不可抑地說：「不堪看！」多麼地沉重、多麼地無助。難怪陳廷焯會說「沉之至、鬱之至，淒然欲絕。」（《白雨齋詞話》）了。

下半闋開始兩句：

細雨夢回雞塞遠，小樓吹徹玉笙寒。

很清楚的，是從上半闋寫景轉向敘述人事。特別是懷人之愁，傷感至極。「雞塞」，即「雞鹿塞」，在今陝西橫山縣西，這裡可能泛稱邊遠的地方。荒涼邊遠的「雞塞」之所以成為特別意義，是對方（他所懷念的人）淹留的地點。在細雨中入夢，咫尺相會，夢醒時，天涯一方，而無邊絲雨如愁，由他個人獨自細品著。「小樓吹徹玉笙寒」，點出夜闌作樂的情景，也反襯他「夢中相會」的短暫。「徹」，是大曲中的最後一遍，「吹徹」就是吹到最後一曲。「寒」字在這裡有兩種說法：一是，「笙以吹久而含潤，故云寒。」一是，在小樓上吹玉笙，清寒入骨。從脈絡上來看，我們認為，必須考慮的是，它的時間是秋天下細雨的夜晚，宴會作樂，玉笙伴奏到曲盡時刻，那麼，上述兩種說法都可以接受。

最後兩句：

多少淚珠何限恨，倚闌干。

是在夢回曲盡時所作的情緒宣洩與排遣。詞人內心由於悲愁高漲，一發不可收拾，眼淚奪眶而出，如潰決堤岸的河水。「恨」字加上「何限」兩字，剛好說明了悲愁的飽和點；而「淚珠」兩字冠以「多少」這數量詞，也說明了他悲情的澎湃。

「倚闌干」，這舉動與「多少淚珠何限恨」是同時發生的，正反映出詞人在極度悲感之下，孤獨無助的行為表現。細讀到這裡，我們可以了然：為什麼這闋詞是「沉鬱」、是「淒然欲絕」。你說是不是？

李煜（西元九三七—九七八）

從中國詩史上看，像溫庭筠、韋莊、馮延巳等都可算是唐五代詞壇的佼佼者，他們的文學成就是有目共睹的。然而，作為詞的集大成者，則非悲劇帝王詞人李後主莫屬了。

後主李煜，字重光，初名從嘉，別號有：鍾隱、鍾山隱士、鍾峰隱居、鍾峰隱者、鍾峰白蓮居士等。是中主李璟的第六位兒子。他天資敏慧，容貌出眾，「豐額駢齒，一目重瞳子」，據說，帝舜是重瞳，因此，後人每以重瞳的人為帝王之相。後主酷好書畫文詞，精通音律，性情多愁善感。他出生的時候，正逢中國政治大混亂的局面，歷史上稱它為五代十國。在中原一帶承遞唐朝這一正統的是：梁、唐、晉、漢、周五代；環繞外圍的，則是十國。

當朱全忠篡唐稱帝，改國號為梁的時候，唐朝的淮南節度使楊行密也據揚州稱帝，國號吳。楊行密傳位次子楊渭，可是大權卻落到徐溫的手裡。徐死，由養子徐知誥繼承，不久便篡吳自立，建都金陵，國號為唐，並改姓名為李昪。李昪就是後主的祖父。

後主的父親李璟是位「神采精粹」（史虛白《釣磯立談》）、「器宇高邁」（馬令《南唐書》）的人，對政治本來沒有多大的興趣，他曾打算在廬山瀑布之下築一書齋作隱士，卻沒想到事與願違，在昪元五（西元九四三）年繼任皇位。在文學藝術上他是極有素養的君主，宮中藏有豐富的墨寶典籍。李後主生長在如此的環境裡，潛移默化，終於塑造了多采多姿的藝術情調。

李後主在十八歲時，與昭惠后周娥皇成婚，周娥皇又叫大周后，是位貌美情深，又精通音律的女子。這使得他們富麗豪華的宮廷生活，產生了不少香豔多情的詞篇，例如：

晚妝初過，
沉檀輕注些兒個。
向人微露丁香顆，
一曲清歌，暫引櫻桃破。

羅袖裛yì殘殷色可，
杯深旋被香醪láo涴wò。
繡床斜憑嬌無奈，
爛嚼紅茸，笑向檀郎唾。（〈一斛珠〉）

可見周娥皇的恣情浪漫，以及他們所擁有的旖旎時光。

在李昪時，南唐擁有江淮富庶之地，勢力還算強盛。可是，到了李璟，情勢就改觀了，當周朝郭威率兵來攻擊的時候，南唐不僅割大江以北土地給周朝，而且還低聲下氣，稱臣求和。

李後主在二十五歲即位，把本名從嘉改為煜，字重光，可見其胸襟之一斑。然而局勢每下愈況，這時趙匡胤已代周稱帝，李煜為了苟安圖存，只好轉向宋朝稱臣，年年納貢。

李後主與大周后美滿的婚姻生活，只維持十年，終於因為大周后紅顏薄命而結束。多愁善感的後主曾為之「哀苦骨立，杖而後起」（馬令《南唐書．昭惠后傳》），並且「自製誄刻之石，與后所愛金屑檀槽琵琶同葬。又作書燔之與訣，自稱鰥夫煜。辭數千言，皆極酸楚。」（陸游《南唐書．昭惠后傳》）

大周后死後四年，後主立她的妹妹為國后，世稱小周后。小周后是位風姿佳妙的美女，在大周后生病期間，經常與後主幽會，馬令《南唐書》云：

後主繼室周后，昭惠之母弟也。警敏有才思，神采端靜。昭惠感疾，后常出入臥內，而昭惠未之知也。一日，因立帳前，昭惠驚曰：「妹在此耶？」后幼，未識嫌疑，即以實告曰：「既數日矣。」昭惠惡之，反臥不復顧。昭惠殂，后未勝禮服，待年宮中。

至於〈菩薩蠻〉：

花明月暗飛輕霧，
今朝好向郎邊去。
衩ㄔㄚˋchà襪步香階，
手提金縷鞋。
畫堂南畔見，
一向偎人顫。
奴為出來難，

教郎恣意憐。

淋漓盡致地呈現了小周后情竇初開，熱情奔放的幽會心理，這時她才十五歲。

開寶七（西元九七四）年，宋太祖命曹彬等進討南唐，次年，攻陷金陵，後主率領大臣殷崇義等，肉袒出降。開寶九年正月，後主與家屬數十人被解送到汴京，在渡江的時候，他回顧石頭城，愴然淚下，沉痛地吟了一首〈渡江望石城〉：

江南江北舊家鄉，三十年來夢一場。
吳苑宮闈今冷落，廣陵臺殿已荒涼。
雲籠遠岫愁千斤，雨打歸舟淚萬行。
兄弟四人三百口，不堪閒坐細思量。

到了開封，後主著白衣紗帽，在明德樓下待罪，被宋太祖封為「違命侯」。宋太宗即位後，才為他除去這侮辱性的封號，加封為隴西郡公。太平興國三（九七八）年，後主去世，享年四十二歲。另一種說法是，太平興國三年七夕，是後主的生日，他讓樂伎奏樂慶祝，喧囂一陣，為此觸怒了太宗，加上太宗聽到他〈虞美人〉：「小樓昨夜又東風，故國不堪回首月明中。」這些詞句，更是怒不可遏，便賜後主牽機藥。據說，吃了牽機藥之後，頭腳相就，像牽機一般地死去。

後主在位十五年，禮賢下士，敬老愛民。迫於局勢而事宋，不過是為延續宗祀罷了。開始的時候，他曾把軍事委託皇甫繼勛，又命令徐元瑀、刁衎（ㄎㄢˋ kàn）為內殿傳詔。可是這些人貪婪富貴，無意効死。宋師到了金陵城下，都把消息封鎖了。等到後主上了金陵城，看見宋兵旌旗遍野，大大吃了一驚，才覺悟到被近臣所蒙蔽，於是將皇甫繼勛處死，並且命令鎮南節度使朱令贇（ㄩㄣ yūn）率兵十五萬赴難。但是，這時候，大勢已去，他只有接受亡國的命運。

後主的詞風，由於生活環境的轉變而不同，大致上可分為前後兩期。開寶八（西元九七五）年，他三十九歲，是前、後兩期詞風的分水嶺。前期多為歡樂的詞篇，以大周后、小周后所交織而成的生活面，浪漫又旖旎。後期為被俘虜到去世之前的俘虜生活。精神、物質上所遭受到的痛苦是不待言的，這期的詞篇，時露家國之痛，與人生無常，悲愴淒楚，最為感人。例如：

林花謝了春紅，

太匆匆。

無奈朝來寒雨晚來風。

胭脂淚，
留人醉。
幾時重，
自是人生長恨水長東。（〈相見歡〉）

至於其他的詞篇，像〈浪淘沙〉、〈破陣子〉等，更是字字帶血、句句噙淚。誠然，在政治上，後主是位亡國之君——他沒法逃避命運的安排；而文學上，他卻是偉大的詞家——這可是天以百凶成就一詞人？

大致上說來，後主的詞在形式上是真率自然的，清周濟《介存齋論詞雜著》所謂的：「王嬙、西施，天下美婦人也。嚴妝佳，淡妝亦佳，麤服亂頭，不掩國色。飛卿（溫庭筠）嚴妝也，端己（韋莊）淡妝也，後主則麤服亂頭矣。」即是。內容上，由於誠摯感情的奔迸，不僅是個人一己悲哀的流露，同時也是人類普遍悲情的展示，王國維《人間詞話》說：

詞至李後主而眼界始大，感慨遂深，遂變伶工之詞而為士大夫之詞。

又說：

後主則儼有釋迦、基督擔荷人類罪惡之意。

當吟誦後主詞篇的時候，我們可以驗證到王氏的評論的確是非常有見地。

菩薩蠻

【原詞】

花明月暗飛輕霧，
今朝好向郎邊去。
衩襪步香階，
手提金縷鞋。

【語譯】

月色朦朧中，依稀看出花姿的明麗，迎面拂來化不開的晨霧。趁著破曉時分，奔向情郎那邊去。慌亂裡套上襪子，急步上了香階，我小心翼翼地提著金縷鞋。

畫堂南畔見，
一向偎人顫。
奴為出來難，
教郎恣意憐！

他約我在畫堂南端見面，一眼瞥見，忍不住撲進他的懷裡，顫抖地訴說：「我難得出來一趟，你可要縱情愛我！」

【賞析】

自有人類以來，戀愛幽會，就像一齣迷人的劇本，經常被熱戀中的男女搬演著。其中多采多姿的情節，卻因人而異，有些含蓄婉轉，令人低迴；有些大膽香豔，教人嚮往。像《詩經》邶風的〈靜女〉：

靜女其姝，俟我於城隅。
愛而不見，搔首踟躕。〈第一章〉

字裡行間可以看出，詩中男女幽會的心情：等待中有焦慮，焦慮中有促狹。所以，不失為含蓄婉轉。至於南朝文學的吳歌：

碧玉破瓜時，相為情顛倒。
感郎不羞郎，回身就郎抱。（〈碧玉歌〉）

表現的，卻是浪漫熱絡，其大膽香豔與〈靜女〉迥然不同。

李後主〈菩薩蠻〉裡的戀情，介乎兩者，既真且活，加上強烈的敘述性，使讀者更為豔羨。詞中的主角是李後主與小周后，時間是破曉時分，地點在畫堂南端，事件則為幽會。

小周后是大周后的妹妹，她「神采端靜」，是位情態純真的少女。當大周后生病的時候，她常常到宮中來探病，因此跟李後主有了私情。李後主寫這闋詞，淋漓盡致地描述了他們幽會的情景，可見其心靈是天真無邪的。

上闋開始二句：

花明月暗飛輕霧，（飛，一作「籠」）
今朝好向郎邊去。（朝，一作「宵」）

上句描寫外在景象，月色朦朧，是方便幽會的時刻，如薄紗般的晨霧，使得幽會帶有高度的隱私性，所以，難怪小周后會喊出：「今朝好向郎邊去。」「好」字傳神地刻劃出少女情竇初開，等待幽會的高漲情緒，既肯定，又興奮。「花明」，這裡除了表現花姿的明麗之外，恐怕也暗喻小周后的丰采，她像一朵明麗的花。小周后逢喜事精神爽，感情投注到外在的花朵上，是極為自然的心理，況且在女人與花的聯想上是一致的，兩者之間存在某些共同的屬性：即嬌、豔。那麼，她是開在晨霧裡的一朵嬌花，這一命題應該是可以成立的。

接著：

剗襪步香階，
手提金縷鞋。

兩句，敘述小周后迫不及待離開臥房，小心翼翼趕去幽會的過程。「剗襪」，是不曾繫上的開口襪子，李後主不明說小周后會情郎之前的匆忙，而透過動作來展示，這更加深了小周后的「高漲情緒」。「香階」，是屬於富麗宮殿的建築，這時也因「花明」清香四溢而染上嗅覺意象，也可能是小周后蒞臨的關係，間接營造了約會的情調。「手提金縷鞋」一句刻劃小周后的仔細心理，以及維護（生怕被發覺）這次幽會的用心。金縷鞋不穿在腳上，是因為擔心鞋底發出聲響，怕他人發覺，所以用手提著，以衩襪的柔軟代步，可以免去上面的考慮，這彷彿是貓的腳步，輕悄悄，設想極為周到，可見小周后的精靈來。

下闋開始二句：

畫堂南畔見，
一向偎人顫。

點出幽會地方，同時細膩地道出了小周后奔向情郎懷抱那一剎那心情：幽會中那份高漲的驚悸。「一向」，即「一晌」，也就是片刻的意思，在情郎懷裡，她忐忑不安，顫抖一陣子，使內心高漲驚悸的情愫得以宣洩，愛情的魅力，或許在此。

接著：

奴為出來難，
教郎恣意憐！

二句是小周后的內心話，對這次幽會等待已久，情緒醞釀得相當強烈，因此，她迫不及待在見面時候，立刻道出了「心聲」。「恣意憐」，就是「盡情憐愛」的意思。寫得大膽，但並不會令人感到俚俗，原來他們兩人的情感真摯，所謂「誠於衷，形於外」，讓讀者直覺到他們的天真可愛，這就是偉大作品的先決條件了。

最後，我們願指出，這闋詞的敘述觀點，好像是第三者，其實就是李後主本人，由於他利用第三人稱來寫，使得這幽會更具包容性，裡面那份情感也更具普遍性。再者，表面上看來，全篇好像是在寫小周后，不過能這樣設身處地來寫小周后的心理，可見作者的觀察入微，以及其內心與小周后的同情共感來。就這點來說，我們以為，全篇也摻著李後主的心聲了。你說對不？

破陣子

【原詞】

四十年來家國，三千里地山河。
鳳閣龍樓連霄漢，玉樹瓊枝作煙蘿。
幾曾識干戈？

一旦歸為臣虜，沈腰潘鬢銷磨。
最是倉皇辭廟日，教坊猶奏別離歌。
垂淚對宮娥。

【語譯】

我的國家有四十年的歷史，有三千里地的版圖。雄壯的樓閣，高聳雲霄，茂密的花木，煙聚蘿纏。我在這快樂天地生活著，哪裡知道有戰爭這回事呢？

一旦做了俘虜，在哀愁苦惱中銷磨日子，腰肢瘦了，鬢髮也白了。最讓我難堪的是，當年金陵淪陷之際，倉皇告別祖先，皇家樂隊為我演奏離別歌。對著宮女，我激動得話都說不出來，只好任淚水奔流。

【賞析】

這是李後主追敘辭廟北上的作品，裡面概括南唐的歷史，也綜攝了後主悲劇的一生。從詞義結構來說，上闋寫的是後主在幾代經營下來的那座樂園，過著豪華的帝王生涯；下闋描述金陵淪陷，後主肉袒出降，猝然成為階下囚的慘痛經歷。前後形成天壤之別，在這種強烈的昔今對比下，釋出了撼人心絃的意義——嘲弄、懺悔、無奈、悲哀，因而構成深刻的主題。

上闋開始二句：

四十年來家國，
三千里地山河。

時空並舉，揭示了後主生於斯、長於斯的宇宙。南唐自先主李昪昪元六（西元九三七）年即位開國，迄宋太祖開寶八（西元九七五）年後主出降亡國，將近四十年，這是南唐的歷史。根據馬令《南唐書》：「南唐共三十五州之地，號為大國。」這是南唐的版圖。這些事情尋常是不會去想它、提它的，唯有時過境遷，才會惹人去回憶，而回憶之中，又有幾許的眷戀與無奈。接著：

鳳閣龍樓連霄漢，
玉樹瓊枝作煙蘿。

二句對那座樂園進一步去刻劃，展示了宮殿的壯麗，與庭院的幽雅。這就是年年納貢，苟安圖存的帝王之家，它猶似空中樓閣，建立在幻想的基礎上，禁不住任何的風險。然而，幾代下來，讓後主以為這座宮殿是安全的，他可以盡情去追求浪漫的生活情調。所以——

幾曾識干戈？

這一句充分顯示他的天真。從他的生命史上看，後主有意圖治，可是大臣卻無輔佐之心，因此，他一直被蒙蔽，到宋軍壓境，他才恍然覺悟，大勢已去。在政治上，他的確不是一位稱職的人才。「識」字隱含多重的意味。除了點出宮堡裡面的苟安縱樂、愛好和平之外，也反襯了宮堡的實際危機——也就是窮兵黷武、破壞和平的宋軍，這股外來勢力的入侵。

下闋與上闋的情境大異其趣，開始兩句：

一旦歸為臣虜，

沈腰潘鬢銷磨。

道出驟變的情勢，過去的帝王，現在的階下囚；過去的無憂無慮，現在的憂愁老瘦。難怪他會吟出無言之哀：「別是一番滋味在心頭。」也難怪他會揭示愁恨「恰似一江春水向東流」了。「歸為臣虜」是他痛苦的根源，因此，在生理、心理的煎熬之下，他消瘦老邁。「沈腰」，是用了沈約的典故：沈約有志臺司，可是皇帝不用他，因陳情於徐勉說：「老病百日數旬，革帶常應移孔。」後人便以沈腰作為腰瘦的代稱。「潘鬢」，見於潘岳〈秋興賦〉：「斑鬢髮以承弁兮，素髮颯以垂領。」後人因把潘鬢作為鬢髮斑白的代稱。李後主藉著這兩個意象來作為淒涼下場的表白，既貼切又含蓄。「銷磨」是當下情況，其實正反襯李後主從前美好的容光丰姿。

最後三句：

最是倉皇辭廟日，教坊猶奏別離歌。

垂淚對宮娥。

寫出李後主一生最狼狽、最悲慘的時刻：後主哭廟，教坊以別離歌哀後主，此情此景，真教後主傷心到極點。於是，面對柔弱的宮女，情不自禁淚水漣漣。同樣是宮娥，在過去是「晚妝初了明肌雪，春殿嬪娥魚貫列」的歡樂場面，如今，卻落得「垂淚對宮娥」的無助情境！多麼不可思議呀！尤其在「倉皇」之際，只剩一群柔弱無助的宮女來送他，更加可見後主的孤獨，那麼，他的垂淚，該不只表示其內心無以言傳的傷悲吧？說李後主是位悲劇帝王詞家，這裡可以得到充分的證明。

浪淘沙

【原詞】

簾外雨潺潺，
春意闌珊，
羅衾不耐五更寒。
夢裡不知身是客，一餉貪歡。

【語譯】

窗簾外傳來潺潺的雨水聲，正是春意將殘的時節。室內雖然擁著絲綢的被子，就是抵不住午夜的寒氣。凍醒後，想起剛才夢裡，自己又回到江南，享受片刻的帝王生活，啊！這美夢，如今哪裡是階下囚所能希冀得了的？

獨自莫憑闌，
無限江山。
別時容易見時難！
流水落花春去也，天上人間。

孤獨一人的時候不要憑欄遠眺。面對無限的江山，會使你想起故國河山，引起無限的傷感。當時辭宗廟、別家園，是那麼倉皇、那般容易，如今想到再見，卻是那麼困難啊！看著流水、落花的景象，我知道春天已悄悄地走了。可是令我迷惘的是，春歸何處？在天上？抑或人間呢？聰明的，請告訴我。

【賞析】

在李後主的詞作裡，以這闋〈浪淘沙〉的詞意最為悲苦，它流露後主被俘虜後，念茲在茲，夢回故國，醒後悽然，不敢觸惹過去的苦衷。

上闋是利用倒敘手法來表現。事件順序是由一向貪歡而夢醒，由醒覺五更淒寒，由淒寒失眠而聽雨聲，而發現春意闌珊。然而經過李後主巧妙的安排，有曲徑通幽，意想不到的妙趣。

上闋開始兩句：

簾外雨潺潺，
春意闌珊。

由室外寫起，點出了暮春景象，綿綿春雨，平添心上愁緒。「春意闌珊」，可能暗示美好時光的消逝，如此說來，除了傷春，更有自我憐惜的意味在。接著敘述室內：

羅衾不耐五更寒。

表面上看來，是實寫後主擁綢被，抵不住午夜的寒氣。然而，深一層去看，正可視為後主內心的悲涼淒苦。他心冷了，所以擋不住些微的風寒，這與白居易在〈長恨歌〉描寫唐玄宗失去楊貴妃以後的心理：

鴛鴦瓦冷霜華重，

翡翠衾寒誰與共？

同出一轍，都在描述心理所引發的反應，而非生理上的問題。最後兩句：

夢裡不知身是客，
一餉貪歡。

刻劃出後主內心的一份執著，他嚮往過去的生活情調，貪戀君臨江南的日子，強烈的念舊意識，在現實的種種逼迫下，使他不得作此非分之想，於是只好轉向夢境去兌現，像：

故國夢重歸。（〈菩薩蠻〉）

情況也是一樣。在夢中，他忘了自己是階下囚，又回到過去的宮堡，當他的皇帝，享受歡樂的生活，即使是片刻，他也要追求。其實，這種夢正緣於他心靈上的苦楚、強烈掙扎及迫切尋求解脫所導致的。畢竟，他只是夢中的帝王，現實的俘虜！

李後主由室外寫到室內，並由室內轉向心靈，和盤托出情結所在，換句話說，他由醒覺追憶夢境，這種技巧比直敘手法來得曲折，來得意想不到，所以，我們說他有曲徑通幽之妙。

下闋是在前面的認知基礎下，所作的推演。他既了解，他只是夢中的帝王，現實的俘虜。當然，他也深深體驗到過去的快樂，現在的痛苦，這種情境的對比，使他心靈上的亡國這一創傷劇痛起來。因此，他認識到過去的一切像一場夢幻，不堪回首；執著去回首，只有加深自己的痛苦，淹留愁城了。因而，他說：

獨自莫憑闌，
無限江山。
別時容易見時難！

本來，登高可以遠望，遠望可以當歸，然而，在這裡李後主卻叮嚀自己不要憑欄遠望，他的痛苦、無奈，昭然若揭。因為，他的國亡了，家也破了。那麼，憑欄又為什麼呢？憑欄遠望，面對無限江山，其結果必定追憶過去，增加創痛。這在非理性的夢境，可以任由他去，但是，夢醒後痛苦經驗，使他更為理性的制約自己不要去憑欄遠望。於此可見他對故國的滅亡，內心是何等的悲痛。「別時容易見時難」，「別時」指過去，「見時」指現在或未來。過去「倉皇辭廟」、「垂淚對宮娥」……是那麼容易，如今想再見宗廟、會宮女，回到過去的秩序，恐怕比登天還難。最後兩句：

流水落花春去也，
天上人間。

截情入景，呼應上闋暮春景象。表面上這兩句平淡無奇，然而歷來評論家的看法最為分歧。唐圭璋先生曾說：「此首殆後主絕筆，流水二句，即承上申說不久於人世之意。水流盡矣，花落盡矣，春歸去矣，而人亦將亡矣。將四種了語，併合一處作結，肝腸斷絕，遺恨千古。」余平伯先生以為：「有春歸何處的意思。」王了一先生則以為：「過去的生活和現在相比，有著天上和人間的差別。」

可見這二句意蘊的豐美，但，我們認為它是情景交融的詞句，而且是在迷離惝怳的心境下流露出來的，那麼，容許我們譯為：

看著流水、落花的景象，我知道春天已悄悄地走了。可是令我迷惘的是，春歸何處？在天上？抑或人間呢？聰明的，請告訴我。

當然，我們並不排斥任何解釋的可能性，只要讀者有所會意，鑑賞詩歌的目的就算達到了。況且，文學是有機的美感形構，自身生發的意義是極為豐富的，要求統一、標準的主題或答案，則可能淪為皮相。蘇東坡說得好：

> 論畫以形似，見與兒童鄰。
> 賦詩必此詩，定非知詩人。

【附錄】

（一）相見歡

【原詞】

無言獨上西樓，
月如鉤。

【語譯】

我一個人默默登上了西樓，只見天邊的月兒如鉤。幽深的庭院，盡是梧桐的寂寞，好像把清冷寂寞梧桐深院鎖清秋。
剪不斷，理還亂。
是離愁，
別是一番滋味在心頭。

（二）玉樓春

【原詞】

晚妝初了明肌雪，
春殿嬪娥魚貫列。
鳳簫吹斷水雲間，重按霓裳歌遍徹。
臨風誰更飄香屑，
醉拍闌干情味切。

的秋，緊緊鎖在這裡。

剪也剪不斷，想理嘛又更紛亂。

啊！這離愁，卻彷彿另有一種莫名的滋味，盤據在我的心頭。

【語譯】

晚妝過後，宮娥們的肌膚個個晶瑩似雪，大家按次序排列在春殿裡。歌舞盛會正開始，悠長的笙簫響徹雲霄，琵琶高亢彈奏〈霓裳羽衣曲〉的醉人旋律。

臨風飄灑著氤氳的香氣，這裡就是人間天堂，今宵且讓我們狂歡陶醉！對了，席散回去時，不歸時休放燭花紅，待踏馬蹄清夜月。

要點亮紅燭，我要達達的馬蹄踏著清輝的月色歸去。

（三）虞美人

【原詞】

春花秋月何時了，
往事知多少？
小樓昨夜又東風，
故國不堪回首月明中。

雕闌玉砌應猶在，
只是朱顏改。
問君能有幾多愁？
恰似一江春水向東流。

【語譯】

無盡無休的春花秋月，什麼時候才能終了？不堪回首的往事有多少可追溯？昨夜小樓又颳了陣東風，月夜裡油然想到當年的春殿歌舞，然而，這些往事，畢竟是階下囚所不能也不敢去回首的。

故國雕欄玉砌的宮殿，諒必都還安然無恙，但是，我昔年的神韻丰采，已隨著山河變色而憔悴了。你問我有多少愁恨？我可以告訴你：正如一道盎然的春水，向東奔流去。

（四）浪淘沙

【原詞】

往事只堪哀，
對景難排。
秋風庭院蘚侵階。
一桁（héng）珠簾閒不捲，終日誰來？

金劍已沉埋，
壯氣蒿萊。
晚涼天淨月華開。
想得玉樓瑤殿影，空照秦淮。

【語譯】

回憶前塵往事，沒有一件不是令人悲傷的，對著這般良辰美景，我不曉得如何去排遣。秋風蕭瑟，庭院深深，苔蘚都爬上階梯來了。整日裡，我讓門簾垂下，這時候還有誰會來敘舊言歡呢？

金劍沉埋，壯氣頹萎，當年的雄姿英發，如今已銷磨殆盡，一切都幻滅了。夜涼如水，碧淨長空，遙想故宮樓閣，春殿歌舞，如今唯有明月留下的影子，空空地照在秦淮河上了。

馮延巳

（西元九〇三—九六〇）

馮延巳，字正中，一名延嗣。生於唐昭宗天復三（西元九〇三）年，廣陵（今江蘇江都縣東北）人。父親令頵，歷任廣陵郡軍史，歙州（安徽歙縣）鹽鐵院判官，官至吏部尚書。延巳十四歲時，隨父親到歙州，大約在二十三歲左右，以布衣見專吳政的李昪，授為祕書郎，並侍陪長子李璟。後來李昪代吳（西元九三七年），建了南唐，君臨天下，號稱烈祖，以李璟為大元帥總百揆，延巳則被任為元帥府掌書記。元宗李璟即位，拜諫議大夫、翰林學士，遷戶部侍郎。保大四（西元九四六）年，延巳以中書侍郎和宋齊丘、李建勳同拜平章事，在宦途上他可算是幸運的人。

延巳多才多藝，學問淵博，辯說縱橫，能使人忘食廢寢。他對功名極為熱中，本性恃才傲物，喜歡狎侮朝士，所以人緣不好，多的是嫉妒他的人。晚年覺悟，平恕待人，才漸漸讓人有好感。在宋太祖建隆元（西元九六〇）年去世。

延巳詩文都不傳，只有《陽春集》約一百多闋傳於後世，在晚唐、五代詞家裡面，算是多產作家。他的詞集大多寫閨情離思，可是遣辭造句，清新秀美，沒有浮豔輕薄的弊病，特別是他個性一往情深，宛轉寫來，非常感人。例如：

小堂深靜無人到，滿院春風。
惆悵牆東。
一樹櫻桃帶雨紅。

愁心似醉兼如病，欲語還慵。
日暮疏鐘。
雙燕歸棲畫閣中。（〈采桑子〉）

王國維說：「馮正中詞雖不失五代風格，而堂廡特大，開北宋一代風氣。」（《人間詞話》卷上）馮煦也說：「吾家正中翁，鼓吹南唐，上翼二主，下啟歐、晏，實正變之樞紐，短長之流別。」（《唐五代詞選・序》）可見延巳詞藝的特色，以及對宋詞發展的影響有多大。他是晚唐五代詞的一代宗匠，也是宋詞發展的導師。

鵲踏枝

【原詞】

誰道閒情拋棄久？
每到春來、惆悵還依舊。
日日花前常病酒，
不辭鏡裡朱顏瘦！

河畔青蕪堤上柳，
為問新愁、何事年年有？
獨立小橋風滿袖，
平林新月人歸後。

【語譯】

誰說無端來襲的閒愁已被拋棄了呢？為什麼每到華光爛漫的春天，我的惆悵依舊不斷。對生命無常所執著的一份悲感，使我情願日日對花苦飲，讓酒來病蝕自己，即使鏡裡的青春紅顏因此瘦損，又有什麼值得在意的！

河畔的青草和堤上的垂柳，春天一到，就綠得那麼恣情，可是，為什麼我的新愁年年都有呢？曼麗的春光與我又有何干？獨立在小橋上任憑清風滿袖，慢慢的，行人都已回到家的懷抱了，而平原裡的樹林在暮色深沉中，緩緩升起一輪孤清的新月。

【賞析】

這是一闋敘述春日閒愁的詞篇。

自來，「多情愛惹閒愁」（晏幾道〈憶悶令〉），對一往情深、多愁善感的詩人來說，這是天性。他們的觸鬚極為敏銳，而感情也極為純真，可是「到情深，俱是怨」，因此，在他們的生命史頁上，到處是春恨、秋愁、離情、別恨，與無端的閒愁。訴之於詩篇，當然是「多愁饒恨」了。

馮正中〈鵲踏枝〉是屬於「無端的閒愁」的詞作。基本上，它是「芳草恨，落花愁」的情緒宣洩，不過，由於作者的藝術經營，造成沉鬱頓挫的效果，因此，細讀之下，很是耐人尋味。

上半闋前三句：

誰道閒情拋棄久？
每到春來、惆悵還依舊。

透露正中安頓自我感情（閒情）所作的努力與失望。「閒情」是無端湧起的一種情思，它「憂來無方，人莫之知。」（魏文帝〈善哉行〉）因為它不能確指，所以詩人尋求擺脫時，勢必要花相當的努力。第一句「誰道閒情拋棄久？」寫得非常曲折，字裡行間隱含詩人的種種苦心與嘲弄。「久」字，不僅說明了他尋求擺脫「閒情」的長期性，並且意味著他的努力與自許。可是，「誰道」兩字反詰，無異一聲迅雷，教人驚慌失措，原來詩人面對「閒情」所作的種種努力是徒勞無功的，它既揮不去也攆不走。要不然，為什麼「每到春來、惆悵還依舊」呢？「每」、「還」、「依舊」三字，層層逼來，肯定了「閒情」以及「閒愁」生發出來的「惆悵」的永恆性。特別是「每到春來」的時候。

四、五兩句：

日日花前常病酒，
不辭鏡裡朱顏瘦！

承上而來，為閒愁、惆悵、「落英飄去起新愁」尋找安頓自己的計策。看來，酒是唯一的解決辦法了。正如杜甫所說的「且看欲盡花經眼，莫厭傷多酒入脣」（〈曲江〉二首之一），面對春花的繽紛，他只好借酒消愁了。「病酒」說明了詩人借酒消愁反為酒困的無奈。「日日」二字，明示時間（與閒情情緒）的持續，同時刻劃詩人內心的孤苦與迷茫感。當然，它更是「病酒」的主要因素。

「鏡裡朱顏瘦」，是「日日花前常病酒」的必然結果。「鏡子」意象在這裡不僅映現詩人「朱顏瘦」的事實，同時也有自我反省的意味。可是，加上「不辭」二字，頓然使整句詞瀰漫矛盾的氣氛，其實，這種極為不合理的句型，最容易製造某種特殊效果，所以，這句詞就讓人有份決絕的撞激，像是豁出去的生命一般。

下半闋前三句：

河畔青蕪堤上柳，
為問新愁、何事年年有？

第一句是情景交融的詞句，表面上是寫碧連天的景色，與隨風飄拂的柳條，但它們所象喻的，可能是送別時候，綿遠纖柔的情意。多情愛惹閒愁，面對河畔的青草，堤邊的綠柳，內心也就泛湧著無盡綿遠、纖柔的情意了。「為問新愁、何事年年有」，是帶有強烈的疑問句，它緊接上句而來。「愁」之所以「新」，是因為「年年有」河畔青蕪堤上柳的景象，所謂見新綠觸引新愁；其次，滿以為「閒情拋棄久」，沒想到春來「愁」復甦。三句讀來，可以了解到，原來，「閒情」是不能確指、無端湧起的情思。所以，它不能以尋常的思維方式去理會。

最後兩句：

獨立小橋風滿袖，
平林新月人歸後。

切斷前面強烈的疑問後，截情入景，另開境界。如果我們說上半闋最後兩句是寫詩人內心的孤苦與迷茫感（雖然，它也是尋找安頓自己的方法），那麼，這兩句可能是寫詩人在極度悲愁後安排自我的舉措，然而其中孤寂惆悵之情卻是昭然若揭的。

「獨立」二字寫詩人的寂寞，「風滿袖」三字刻劃詩人淒涼的處境。「人歸後」則暗示詩人空前絕後的孤獨感。為了排遣內心的極度悲愁，詩人在寒風裡，獨立小橋，原野闃靜無人，這時只有天上一輪清月來相陪。

看來，最後兩句不僅寫景，同時也在描述詩人孤寂惆悵之情。這可以從時間晝夜的流轉——視覺上的「河畔青蕪堤上柳」、「平林新月人歸後」——去了解。

【附錄】

謁金門　春閨

【原詞】

風乍起，
吹縐一池春水。
閒引鴛鴦香徑裡，
手挼（ㄋㄨㄛˋ nuò）紅杏蕊。
鬥鴨闌干獨倚，
碧玉搔頭斜墜。

【語譯】

突然起了一陣風，把原本清平的池水，吹得縐褶連連。芳草霏霏的小徑裡，傳來有人逗引鴛鴦的笑聲。啊，原來有位女郎正獨自站在那兒，手裡拈揉著紅杏的花蕊。

過了一會兒，她又孤伶伶地倚在欄杆旁，看著鬥鴨玩兒。她是那麼出神，連秀髮上的碧玉簪斜墜

終日望君君不至，
舉頭聞鵲喜。

了都渾然不覺。她心底深處切切盼望的情人怎麼還不來呢？害她沉思傷感，明明舉頭又聽見了喜鵲的聒噪啊！

晏殊

（西元九九一—一〇五五）

晏殊，字同叔，撫州臨川（今江西臨川縣）人，生於宋太宗淳化二（西元九九一）年。他幼孤獨學，七歲時「知學問，為文章，鄉里號為神童。」（〈神道碑〉）

宋真宗景德元（西元一〇〇三）年，張知白安撫江南時，以晏殊為神童向朝廷推薦，這年，他只有十四歲大，卻是一生宦途發跡的開始。次年三月，「帝召殊與進士千餘人並試廷中，殊神氣不懾，援筆立成，帝嘉賞，賜同進士出身。」（《宋史》本傳）兩天後，又召試詩賦，晏殊從容地說：「臣嘗私習此賦，不敢隱。」真宗非常讚歎，因試以他題。以為祕書省正字，置之祕閣，使得悉讀祕書。（〈神道碑〉）真宗天禧四（西元一〇二〇）年，三十歲的晏殊官拜翰林學士。仁宗天聖二（西元一〇二四）年，遷為禮部侍郎，知審官院。

天聖六年，他推薦范仲淹當祕閣校理。八年，他擔任禮部貢舉，推拔歐陽脩為第一。慶曆元（西元一〇四一）年，晏殊五十一歲，升為樞密使，次年，加同平章事，三年，升為集賢殿學士並兼樞密使。這是晏殊宦途最飛黃騰達的時候。

晏殊的形象清瘦，性情真率、風流，為人剛簡。待人非常誠懇，雖履尊優、處富貴，而自奉若寒士；他喜稱人善，獎掖人才，任宰相期間，「范仲淹、韓琦、富弼，皆進用至於臺閣，多一時之賢。」（〈神道碑〉）他雅好歌辭，常常和門下賓客相與賦詩，「尤喜馮延巳歌辭，其所自作，亦不減延巳樂府。」（劉攽《中山詩話》）

慶曆四（西元一〇四四）年，因為孫甫、蔡襄進讒：「宸妃生聖躬為天下主，而殊嘗被詔誌宸妃墓，沒而不言。」又奏論晏殊「役官兵治僦舍以規利」（本傳），於是罷相，以工部尚書知潁州（今安徽阜陽縣），一年後，改為刑部尚書。這時有詩人梅聖俞和他往來酬唱。八年，從潁州移到陳州（今河南淮陽縣），大概在這年生下他的第七個孩子晏幾道，時年五十八歲。

皇祐二（西元一〇五〇）年，晏殊遷為戶部尚書，以觀文殿大學士知永興軍。五年秋，徙知河南，兼西京留守，又遷為兵部尚書，進封為臨淄公。仁宗至和元（西元一〇五四）年，因病，請歸返京師，病情好轉後，侍講邇英閣。二年，逝，享年六十五歲，諡為「元獻」。

晏殊著有《珠玉詞》。他的「文章贍麗，詩閑雅有情思」（本傳），這可能是由於當時文學環境正流行西崑體，加上他本人仕宦得意，生活富裕，所以，他的詩文贍麗閑雅，有臺閣氣息。他的詞，既有富貴氣象，又有哲理觀照，成就非凡，所以馮煦評說：

> 宋初諸家，靡不祖述二主，憲章正中。晏同叔去五代未遠，馨烈所扇，得之最先；故左宮右徵，和婉而明麗，當北宋倚聲家初祖。（《宋六十一家詞選．例言》）

浣溪沙

【原詞】

一曲新詞酒一杯，
去年天氣舊亭臺。
夕陽西下幾時回？

【語譯】

飲下一杯苦酒後，我填了一闋新詞。天氣依稀是去年的天氣，而亭臺也依舊，只是那西沉的夕陽，什麼時候會再回來？回來時又是什麼光景呢？

無可奈何花落去，
似曾相識燕歸來。
小園香徑獨徘徊。

花兒每到暮春時節就一朵朵凋落了，令人看著好生不忍，但，這畢竟是無可奈何的，誰能留住永恆的華光呢？燕子飛走了又飛回來，看來有幾分熟稔，牠們出出入入，似乎也無視於在小園香徑裡獨自徘徊沉思的我。

【賞析】

文學往往跟文學家的個性、時代與環境，有密切的關聯，像晏殊《珠玉詞》就是最好的例證。

晏殊生逢北宋真宗、仁宗兩朝，可說是太平盛世的局面，他仕途顯達，官拜宰相，個性豪俊好客，獎掖後進，一時俊彥，像范仲淹、富弼、歐陽脩、王安石都是他的門下士。這使他的風格具有臺閣體的富貴氣象、格調閑雅等特色，但是「人生自是有情癡」，或許，他也染有文人的敏感，儘管生活的富裕，作品卻時常流露淡淡的哀愁。由於他對人生（體驗與修養）有圓融（理性）的觀照，所以在在顯示一己的人生哲理，難怪《宋史》本傳會說他「詩閑雅有情思」。閑雅有情思，是指《珠玉詞》在閑雅裡又蘊含「情中有思」的特性。因此，有些詞評家認為晏殊是傾向「理性」（與感性相對）的詞人。

〈浣溪沙〉這闋詞最能道出上述的情況。

就表面上來看，它是「傷春」的作品。可是，這些外在景象經過晏殊的觀照之後，展現出來的，卻是發自生命自身矛盾中的一份苦悶。其中，有人事變遷、時光流轉，有對過去的回憶，與對現在的迷惘。更清楚地說，它帶有「美人遲暮」此一主題意識，這與屈原「日月忽其不掩兮，春與秋其代序；惟草木之零落兮，恐美人之遲暮。」（〈離騷〉）的嗟歎，如出一轍。

上闋開始兩句：

一曲新詞酒一杯，
去年天氣舊亭臺。

描述詩人在暮春時候，在亭臺上，喝一杯酒，填一闋新詞的愜意生活。可是善感的詩人面對當前的景象，卻情不自禁地想到天氣依稀是去年的天氣，而亭臺也沒有什麼兩樣，只是時光流轉，一年容易。由現在的「暫得於己，怏然自足」，聯想到過去的同樣情境，猝然覺識「光陰似水聲，迢迢去未停」（〈破陣子〉），而逼使自己正視「人貌老於前歲，風月宛然無異」（〈謁金門〉）的可悲事實，從而悟省「時光只解催人老」（〈采桑子〉）。也就是說，時光是永恆的，「百代的過客」；而人生是短暫的，所謂「浮生若夢」。此種懸殊的對比，是詩人悲哀的根源，也是讀者同情共感之所在。對於人生的思維，詩人以平淺的字句，淺淺的哀愁，展露出來，沒有激情，也沒有淒楚，這正得自他對人生圓融的觀照。

接著：

夕陽西下幾時回？

一句，問得既天真，又痴情。「夕陽西下」是當時的景象，就永恆的時光而言，只是一種現象、一種過程，一如朝日東升，它是循環不已的。那麼，詩人這一詢問，毋寧過於天真，教人百思不解了。其實，它本身生發的意義是相當繁複的，我們不能只從字面上去詮釋，應該設想，在夕陽回來之後，又是什麼「光景」這一事實上。緣此，我們可以大膽的推敲「夕陽西下」此一意象的象徵性。「夕陽」本身有悲涼、短暫的意味，同時也有美麗的悲哀在，像李商隱所說的：「夕陽無限好，只是近黃昏。」（〈登樂遊原〉）這之外，還有「美人遲暮」這一基調在。把「夕陽」譬喻「暮年」，在聯想上是自然的運作。那麼詩人詢問的，就不再是字面上的問題，而是人生哲思了，它牽引出詩人心靈深處的悲哀。夕陽去了有回來的時候，人生暮年一過，卻再也不回頭，詩人欲蓋彌彰的愁緒，到這已奔迸無遺了。

下闋開始兩句：

無可奈何花落去，
似曾相識燕歸來。

敘述花落、燕歸，並點出暮春季節。但一「去」一「來」不僅意味循環不已的永恆性，同時也強調今昔的時間意識，這與上闋的前兩句情況相同，不過藉著外在具體形象（春光）來敘述罷了。但「花落去」與「燕歸來」二意象所展示的動態現象，更具體地描述了此詞的時空。這些都是現象界的景觀，也是永恆的循環中產生的樣態，詩人對「『花』落去」特別加上「無可奈何」，對「『燕』歸來」又特別扣上「似曾相識」，充分說明詩人內心一份感情的誤置，使得原本不帶任何情感色彩的外物，染上作者的情感，外在世界也因此成為感情的世界，可見其內心的「癡情」。

其實，我們也可以作如此的設想，把「無可奈何花落去」、「似曾相識燕歸來」看成

「物自現」，如此更能道出詩人內心與自然的契合共感。

花一朵朵凋落，正是春光逐漸消逝的徵象，詩人傷春之情油然而生，這時候燕子又飛回來，這位時光的使者捎回來的訊息是詩人所熟知的，難怪他直覺到「似曾相識」這一份親和性。

事實上，在「花落」、「燕歸」的循環中，「時光」已流逝，詩人內心很清醒「光景千留不住」（〈清平樂〉）的悲哀與無奈。所以最後一句：

小園香徑獨徘徊。

便是他落實現境後的心理投射，他不像一般遷客騷人以「物喜」、以「己悲」，只默默地在小園香徑裡獨自徘徊、獨自思索，坦然接受「美人遲暮」這一事實，並且以「滿目山河空念遠，落花風雨更傷春，不如憐取眼前人」這份從容閑雅的態度，去面對上述的悲哀。

【附錄】

(一)浣溪沙

【原詞】

一向年光有限身，
等閒離別易銷魂。
酒筵歌席莫辭頻。

滿目山河空念遠，
落花風雨更傷春。
不如憐取眼前人。

【語譯】

生命有限，韶光稍縱即逝。人生裡有著太多的離別，可別看輕了它，即使最平常的分離也會使人黯然銷魂的。所以，還是不要嫌棄酒筵歌席的頻繁吧！

極目望去，滿是山河秀色，徒然使人熱切地懷念那遙遠的故地。斜風細雨裡遍地落花，怎不教人感傷春光流逝得太匆匆？想得太多太深大概自苦也重，還不如好好憐愛珍惜眼前的人兒呢！

（二）玉樓春

【原詞】

燕鴻過後鶯歸去，
細算浮生千萬緒。
長於春夢幾多時，
散似秋雲無覓處。

聞琴解佩神仙侶，
挽斷羅衣留不住。
勸君莫作獨醒人，
爛醉花間應有數。

【語譯】

秋去冬來，送走了群群的飛鴻、燕子。好容易盼到溫煦的春光，冷不防又被黃鶯叫走。仔細回想自己如夢的浮生，真是千情萬緒。人生就算比春天的美夢來得長吧，可是究竟長得了多少呢？看來倒像是流散的秋雲，一到終點，各自離去，了無覓處啊！

人間即使有像卓文君聞琴，私奔司馬相如的情愛，和鄭交甫解佩相許的神仙眷侶，終究也無法長久，就算你挽斷了伊人的羅衣也是難以留住的。我勸你還是不要作個眾人皆醉我獨醒的人吧，人生短暫，感情又是多變易的，何苦執著其間呢？更何況在有限的人生裡，爛醉花間也不過幾回而已。

張先（西元九九〇—一〇七八）

北宋前期的長壽詞家張先，字子野，烏程（今浙江吳興縣）人，生於宋太宗淳化元（西元九九〇）年。仁宗年間中進士，從此步入宦途，直到六十四歲才退休，卒於宋神宗元豐元（西元一〇七八）年。他和晏殊、歐陽脩、王安石、宋祁、蘇軾等人都交遊過。晚年過著悠閒的生活，到了八十五歲還在買妾。東坡說張先這個人「善戲謔，有風味」，所謂「詩人老去鶯鶯在，公子歸來燕燕忙」，說的就是他。

他的詞正好由小令到長調之間起了過渡的作用，前此的詞家多工小令，慢詞的製作不多；不過，這方面的貢獻他可能還比不上柳永。他們相似的地方是，都洞曉音律，能自度新聲，詞集都區分宮調，擅於鋪敘誇張。張先喜歡琢鍊字句，使作品帶有一種含蓄柔美的韻味，他還擅寫「影」字，據說他自己最得意的三個句子是：

雲破月來花弄影

嬌柔嬾起，簾壓捲花影

柳徑無人，墮風絮無影

他還因此號稱「張三影」哩！

他的詞集名《子野詞》，又名《安陸詞》，內容大半是戀情和酬答之作。

天仙子 時為嘉禾小倅，以病眠，不赴府會。

【原詞】

水調數聲持酒聽，
午睡醒來愁未醒，
送春春去幾時回？臨晚鏡，

【語譯】

我拿起酒杯，邊飲邊聽那動人心魂的〈水調歌〉。醺然的酒意推我入夢鄉，一場午醉後悠然醒轉，卻覺得內心的情愁依舊深濃，無法清醒過

傷流景，
往事後期空記省。

沙上竝禽池上瞑，
雲破月來花弄影，
重重簾幕密遮燈，風不定，
人初靜，
明日落紅應滿徑。

來。狠下心，終於把春天送走了，她一走可要幾時才回來？在斜陽裡攬鏡自照，不由得湧起一股韶光流逝的傷感。想當年多少美夢和誓盟，如今只能在回憶中細細品嘗了。

夜色漸漸深了，池邊的沙灘上依偎著一雙睡著的水鳥。月兒撲破雲層，花朵們就著乳白的月色，輕輕曳弄著自己曼妙的影子。一重重的簾幕把微弱的燈光密密裹住，依稀聽得庭院中穿梭不已的風聲，人們大概都已靜息了。在如此的深夜裡，不禁想到：明兒一早，小徑上該又是落紅狼藉吧？

【賞析】

這闋〈天仙子〉寫的是送春自傷。根據題下原注：「時為嘉禾小倅，以病眠，不赴府會。」可以知道，寫作的地點是在嘉禾（今浙江嘉興市），當時作者擔任判官（小倅，即小官，謙稱），病中所賦，因此，不無自我哀憐的意味在。

上半闋開始兩句：

〈水調〉數聲持酒聽，
午醉醒來愁未醒。

主要在敘述強烈的客愁。作者病中以酒澆愁，午醉醒來，手持酒杯聆聽怨切的〈水調〉，又平添了一段新愁，所以說「愁未醒」。〈水調〉傳說是隋煬帝幸江都時所製的歌曲，五迭五言，其中詞句蒼邁悲涼，唱來十分怨切，馮延巳曾經說過：「水調聲長醉裡聽。」（〈拋球樂〉）情調與張先大致相同，不同的是後者是客中小病，情感脆弱，容易傷憐。

接著：

送春春去幾時回？臨晚鏡，
傷流景，
往事後期空記省。

四句寫的正是詞人「愁」之所在。「送春」二字是描寫外在世界，本身已意味著春光流逝，春色衰殘。作者把它擬人化，可能隱含自己對它一份留不住的「無力感」。「春去幾時回？」是一句癡情的問話，當詞人喃喃自語的時候，「春」真個已去。春，來去兩匆匆，任多情的詞人留也留不住。因此，他的答案是在茫茫的風裡。（其實，春天去了，有再來的時候，而詞人的青春隨春天走了，卻是一去不復返。當然他心裡很清楚，答案必定：物是人非事事休。詞人的問話，雖不合理，但正合他「愁未醒」的意緒。）

「臨晚鏡，傷流景」，由外在的容貌寫到內在的感傷，兩句是循「送春」而來。「鏡子」這一意象除了映現作用之外，又有警悟的象徵意義。詞人攬鏡自照，反求諸己，原形畢露，「似水年華」已隨春去，於是，濃郁的哀傷便湧上心田。「晚」字點出了時間與生理上的闌珊，真是一語雙關了。

「往事後期空記省」一句，更深一層來描繪詞人的「客愁」。「往事」雖然歷歷，但是不可重演，追溯過去，只空留記憶罷了。而「後期」，也即後約，固然美麗，卻是遙遙不可預測。如此兩茫茫，難怪詞人會慷慨地說道：讓它們都留在我的記憶中細細品嘗算了！

從上面四句三重愁看來，詞人心裡那份苦悶是多麼的強烈，然而它反襯出來對人生懷著高度的熱情，又多麼的讓人心折。

下半闋開始兩句：

沙上竝禽池上暝，
雲破月來花弄影。

是情景交融的妙句。一片風景、一種心情，很明顯的，作者透過自然界的景觀來說明心中的情愫。由於寫得自然、渾成，所以惹人喜愛。仔細吟哦，情韻無窮。

「沙上竝禽池上暝」是極目遙望的景致，「竝禽」，即成雙成對的水鳥，或謂鴛鴦。「暝」，就是眠。整句透露這對鳥兒形影不離的生活，不管沙上或池上，快快樂樂地玩在一起、睡在一起。這正反襯詞人生活的孤單與苦悶，而構成強烈的嘲弄。「雲破月來花弄影」則為目前的景象，「雲破月來」，展現一番新氣象，花朵們著上乳白的月色，像一層透明的薄紗，儀態萬千，輕輕曳弄自己曼妙的倩影。然而花兒們的熱鬧是室內人的悲哀，詞人形單影孤，面對此情此景，真是看在眼裡，傷在心裡。無疑的此句與上句都與詞人形成情境的對比，因而釋出了極耐人尋味的嘲弄來。

下面四句：

重重簾幕密遮燈，風不定，

人初靜，

明日落紅應滿徑。

承上而來，由於作者睹物傷情，抵抗不了外在景物的揶揄，因此，他放下了重重簾幕，企圖隔絕物我，然而，作者不直說，反而曲寫，「密遮燈」作為隔緣的象徵，真是出人意表。我們設想，此時詞人百無聊賴，必定守著那盞閃爍的燈火（是中宵煎熬？），所以「密遮燈」不就是「密遮詞人」了嗎？

「風不定，人初靜」，以視覺與聽覺兩種意象來透露夜闌風緊，以及詞人不能入眠的處境。（這又是「愁」在作祟！）

「明日落紅應滿徑」一句，寫出詞人的天真與癡情。「應」字，有推測、預期的意思，充分表現作者的憐花情懷（落紅，即落花。這些花兒正是曾在「雲破月來」款擺倩影的花兒），所以，他擔心：明兒一大早，小徑上該又是落紅狼藉吧？

最後一句，呼應了上半闋的「送春春去幾時回？」使主題落實到傷春上，尤其要指出的是，這一句是作者設身處地的結果，它是明天的景象，也是作者根據「風不定」的前提所推論的「結果」。讀來如暗潮，在心湖推蕩著。

歐陽脩（西元一〇〇七—一〇七二）

歐陽脩，字永叔，自號醉翁，晚號六一居士，廬陵（今江西吉安市人），生於宋真宗景德四（西元一〇〇七）年，卒於宋神宗熙寧五（西元一〇七二）年。他在文學史上的成就是多方面的，所以有宋代文學之父的美譽。

他是宋仁宗朝的進士，官至參知政事（副宰相）。對於後進的獎掖不遺餘力，像曾鞏、王安石、蘇洵、蘇軾都曾受到他的賞識提拔，對宋代的古文運動貢獻極大。他曾和宋祁合修《新唐書》，並且獨力完成《新五代史》，對金石學亦有心得，他的詩曾自負不讓李白，和當時的大詩人蘇舜欽、梅堯臣齊名。

一輩子官運不怎麼亨通，幾次在新舊黨爭裡被讒遭貶的歐陽脩，對於填詞也頗有一手。他的詞不論寫景造境，都比晏殊更接近馮延巳，細品的話可以感覺出來馮詞較剛、歐詞較柔。他多半寫山水和私情，題材是嫌狹隘了一點，這個正好說明了北宋詞，發展至此仍然不脫「豔科」的範疇，作者的性情、思想與人生觀都還不能得到淋漓盡致的發揮。也因此，歐陽脩《六一詞》的作品常常和《陽春集》、《花間集》的作品互見，有偏見的人就不忍把豔情之作歸給歐陽脩。

劉熙載《藝概》云：

> 馮延巳詞，晏同叔得其俊，歐陽脩得其深。

當然，歐詞的深婉和疏雋，對後來的詞家是有影響的，不過，影響不見得很大就是了。

踏莎行

【原詞】

候館梅殘，溪橋柳細，

【語譯】

旅館的梅花，已經落英繽紛；溪橋邊的柳絲兒，草薰風暖搖征轡。
離愁漸遠漸無窮，
迢迢不斷如春水。

竟也抽得細嫩依人。暖和的春風到處吹拂，空氣中散滿了草香，彷彿殷殷地送著征騎遠去。那個人已漸漸走遠了，離愁卻因距離的增加反而更無窮無盡起來，恰似悠悠不斷的春水。

寸寸柔腸，盈盈粉淚，
樓高莫近危闌倚。
平蕪盡處是春山，
行人更在春山外。

離別雖然無所不在，仍足以使有情的伊人柔腸寸斷，粉淚盈眼。樓高是可以用來遠望的，可是，還是不要近前去吧，因為即使上了樓，望見的也只有一片無垠的春草，春草的盡頭可是綿亙著無際的春山，我們懷念的人兒早已走到千山之外、萬水之外了。

【賞析】

這是一闋抒寫離情別恨的詞篇。

就詞篇的脈絡來說，上半闋寫征人的離去，下半闋述思婦的愁情。作者以客觀的敘述手法，具體而微地刻劃了兩位角色的心情。尤其是意象的巧妙運用，使這闋詞情韻悠長，很能觸引讀者的共鳴。

上半闋開始：

候館梅殘，溪橋柳細，
草薰風暖搖征轡。

三句，點出了時間：「梅殘」、「柳細」、「草薰風暖」，正是初春時候；同時也說明了地點：「候館」、「溪橋」。而事件則為「送別」。三句落落寫來，鮮活了征人的形象，特別是「草薰風暖搖征轡」一句，蘊含嗅覺、感覺、視覺與聽覺等意象，增強詞句的密度，予讀者一種酣暢的感受。而且，三句猶如三個鏡頭，由候館、溪橋而草原，空間的轉移，不僅意味時間的流動，也呼應征人遠去的節奏。

四、五兩句：

離愁漸遠漸無窮，迢迢不斷如春水。

一氣呵成，委婉地道出征人內心離愁隨著時空拓展而遞增的微妙心理。「離愁漸遠漸無窮」一句，寫離愁的泛湧，作為征人的當下情緒固然不失為妙句，但畢竟還抽象了些，詞人深知此中奧祕，因此忽然來了一句「迢迢不斷如春水」，截情入景，使境界為之宕開，造成「含不盡之意見於言外」的效果。「春水」這意象用來形容「離愁」最為恰當，一方面，「春水始發」綿遠流長的屬性，呼應征人更行更遠的節奏；一方面，「春水」隱含盎然的生機，作為「剪不斷，理還亂」的離愁之象徵，意義上也頗為一致。

由於有這兩句征人的描述，那麼，對於下半闋思婦的愁情，才是個合理的發展，必然的結局。

下半闋開始：

寸寸柔腸，盈盈粉淚，

樓高莫近危闌倚。

三句，寫思婦送征人以後（由草原回到候館）的心情。前兩句，由內心的悲傷，到外表的泣淚，栩栩如生地刻劃出多情婦人的高度離愁。第三句「樓高莫近危闌倚」，正是打開上述情結的唯一途徑，登高可以望遠（征人），望遠可以紓解內心的苦悶。可是，她深深了解到（「莫」字，似乎意味她本人內心的一份醒覺），以登高來紓解內心的情結是行不通的，因為征人早已跨馬離去，消失在無邊無際的草原。這一句讀來之所以悲切，正因為有著如此的無奈與無助在。四、五兩句：

平蕪盡處是春山，行人更在春山外。

為第三句的「莫」字提供了答案。這答案包括著客觀的事實，與關漢卿〈四塊玉〉（別情）：

自送別，心難捨，
一點相思幾時絕。
凭闌袖拂楊花雪。
溪又斜，
山又遮，
人去也。

所表現的情思，有異曲同工之妙。憑欄遠眺，本來是想對她的情人多望幾眼，無奈青草盡處，春山遮眼，而征人可能又在春山之外了，空間的雙重拓展，相對地加深了她內心的無奈與無助感。更何況，「離恨恰如春草，更行更遠還生。」（李後主〈清平樂〉）當她著急登樓眺望的時候，必須要有承受如此心理負擔的打算。分析到這裡，也許有人會以為她承擔不了而沒上樓遠眺了，其實，正好相反，從情節發展上看，她必然會親自登樓遠眺。可是，她失望了，因為「平蕪盡處是春山，行人更在春山外」，這真相的呈露，使她原有因離愁而「寸寸柔腸，盈盈粉淚」的情緒，更為沉重、更為悲淒。畢竟，她經歷了以後，才能道出如此感人的經驗。

如此說來，「樓高莫近危闌倚」一句，恐怕是經歷之後，自我寬慰之詞了。

歐陽脩的詞情深意真、言近旨遠，我們從這闋〈踏莎行〉可以得到印證。

玉樓春

【原詞】

尊前擬把歸期說，

【語譯】

在餞別的筵席上，我手裡握著酒杯，打算把難卜

未語春容先慘咽，
人生自是有情癡，
此恨不關風與月。

離歌且莫翻新闋，
一曲能教腸寸結，
直須看盡洛城花，
始共春風容易別。

的歸期事先同你約定，沒想到，話還沒出口，就已忍不住形容慘澹，喉間哽咽著一股酸楚。人生本來就有這樣執著的情癡，源自內在天性的一往情深，是無關乎外在風月世界是如何變化的。

要唱離歌可以，可是請不要再翻新的唱詞了，任何一支曲子在這時刻聽起來，總是教人寸寸柔腸都打結的。這樣的為離情所苦，可有什麼法子才解得開呢？恐怕非得把洛陽城的一草一花全都瞧遍了，才能爽快地向東風道別吧？

【賞析】

這是一闋描述別情的詞篇。字裡行間洋溢著永叔的深情，與深情中的一份思致。換句話說，由於永叔面對悲愁的現世有份賞玩（適當距離）的意興，所以，他能入乎情內，出乎情外，充分顯現「豪宕」的情懷。

就詞篇的結構來說，上下闋一式，開始一、二兩句寫情事，三、四兩句引入議論。從內心寫到神態，平淡中見曲折，深情裡含思致，是典型的永叔詞風。

上半闋開始兩句：

尊前擬把歸期說，
未語春容先慘咽。

敘述詞中主角手把離尊，方別未別，就打算將難卜的歸期與對方約定，以安慰彼此。「擬」字，是描寫主角的心理狀況，也可看出主角對此番離愁所作的掙扎與努力，他盡量要表現出一副自然的神態。

然而，「悲莫悲兮生別離」（〈九歌．大司命〉）、「黯然銷魂者，唯別而已。」（江淹〈別賦〉），他萬萬沒想到，那離愁似浪潮，早已在他的心湖洶湧了。這時，他打算說的話，都哽在心裡，而原來和諧的「春容」——主角的神態，一霎間，已是一片悽慘的陰霾了。

三、四兩句：

人生自是有情癡，此恨不關風與月。

以相當肯定的口吻來議論，是針對上述心理、神態而作的詮釋，為主角的如此表現診斷，原來，他是「情癡」！當然，正因為是「情癡」——情必近於癡而始真——所以，才會有如此的情緒變化，這種源自一往情深的天性，是無關乎外在世界的風月變幻的。（可是，話說回來，要是外在世界的風月出現在別離時刻呢？恐怕那就不堪設想了。）

在感情世界裡，永叔所認定的「情癡」，毋寧是新鮮且深刻的。

下半闋，一、二兩句：

離歌且莫翻新闋，

一曲能教腸寸結。

承上闋一、二句而來，敘述別離前的愁情。離別在即，一曲離歌，就教人寸寸柔腸都打結了，對於一遍又一遍的翻新重唱，彷彿使人掉入了離愁的漩渦裡，越陷越深，真是受不了。這時，主角以商量的語氣，提出「且莫」，就有「萬萬不得」的意味，真是無奈，然而，此「無奈」不正是「離愁」所導致的？

到這裡，離情別恨差不多已被寫得可以了，但是後面兩句：

直須看盡洛城花，始共春風容易別。

突然以議論的句法，宕開了離愁的漩渦，化悲苦為喜樂。顯然地，主角在面對悲愁的現世，已有份賞玩的情懷了。所以，他提出，只等到看盡了洛陽城的花草，才願與春風道別。「直須」兩字，是推想的意願，除了明示主角自我寬慰之外，也反襯了主角當下身處愁城的心理狀態。當然，把此種意願企圖從推想中獲得滿足，更加可見主角的「情癡」真相。

基本上，最後兩句所展示的價值取向，與永叔的人生哲學——豪宕情懷是一致的。王國維《人間詞話》云：

人生自是有情癡，此恨不關風與月；直須看盡洛城花，始共春風容易別。於豪放之中，有沉著之致，所以尤高。

對永叔〈玉樓春〉的看法，與人生態度的透視，可謂真知灼見了。

【附錄】

蝶戀花

【原詞】

庭院深深深幾許？
楊柳堆煙，簾幕無重數。
玉勒雕鞍遊冶處，
樓高不見章臺路。

【語譯】

這座庭院幽深極了，教人無法臆度它的幽渺深邃到什麼程度。只見楊柳一簇一簇堆湧著綠色的煙浪，而室內的簾幕更是重重復重重，數也數不清。回想自己年輕時，也曾玉勒雕鞍，意氣風發地流連舞榭歌臺。此刻獨自在高樓上，再也望不見那縱樂放情的青樓地，一切的歡樂似乎已成遙遠的雲煙。

雨橫風狂三月暮，
門掩黃昏，無計留春住。
淚眼問花花不語，
亂紅飛過鞦韆去。

暮春三月裡經常是雨橫風狂的天氣，即使掩上重門把黃昏留在屋內，他知道春天是無法留得住的。忍不住淚眼婆娑問那飄零的落花，伊竟也兀自默默無語，不知哪來的一陣風，一下子就把她們吹得亂紛紛的，有的甚至飛過鞦韆架子外面去了。

柳永

（大約西元九九〇——一〇五〇之間）

雖然一輩子都未能躋身當時所謂上流的公卿社會，卻在中國詞史的發展上牢占重要席位的柳永，一生充滿著傳奇色彩。實際人生的窮愁潦倒，反而豐潤了他的藝術生命，徹底激發了他的創作才華。在他之前，詞大抵只是一些抒發一時感興的小令，到了以詞為專業的柳永手裡，便大大促進長調的成熟，成了鋪敘纏綿的篇章，使詞的精神與內涵愈加富於變化，也影響著往後無數的詞人與讀者，他的詞集名《樂章集》。

柳永與晏殊、張先的年代相近，比起歐陽脩要早上十幾年，曾於宋仁宗景祐元（西元一〇三四）年中過進士，曾做過睦州推官、屯田員外郎（職位很小，而且旋即丟官）。他字耆卿，原名叫三變，是福建崇安人。年紀輕輕的就通曉音律，善於填詞。教坊的樂工每有一種新的樂譜出來，必定要找他填詞，說也奇怪，每支曲子一經他的手就馬上風行起來，當時人說「凡有井水處，即能歌柳詞」，恰是他盛名的最佳寫照。

柳永為人過分浪漫不羈，缺乏自我檢束，所填的詞常有「纖佻鄙俗」語，所以士大夫們都不喜歡，一心標榜儒雅、理道的宋仁宗更是厭惡他那類浮詞豔語。據說柳永有一闋〈鶴沖天〉詞，上云：

青春都一晌，
忍把浮名，換了淺斟低唱。

等到他去考進士，仁宗曾對考試官說：「此人風前月下，好去淺斟低唱，何要浮名！」柳永因此落第。從這則故事我們不難了解柳永的詞作，盛傳到什麼程度，同時也注定了他日後宦途的坎坷命運。即使豪宕豁達如蘇東坡者，都還不免認為柳永的詞不雅，更遑論其他的知識份子了。相對而言，柳永詞作的淺近靈動、音律諧婉與歌詠戀情的特色，卻正足以凸顯了中下層市井小民的生活實相，而廣受民間俗眾的歡迎。

當然，除了飽受指摘的耽歌溺酒的風流之作以外，柳永仍有極淒清高曠的傑作，內容多屬於羈旅行役的苦悶，與懷才不遇的悲哀，它的成就是很難予以否定的。而促使這類作品產生的泉源，或許，還要歸功於柳永於仕宦失意後的放浪江湖、流連酒色吧？這種漂泊無根的生涯配合他的靈敏才思，以及對愛情與人生那種「衣帶漸寬終不悔，為伊消得人憔悴」的執著態度，方才成就了一位完整的詞人。

以下我們引清朝馮煦《蒿菴論詞》的話來作為介紹他的尾聲：

耆卿詞曲處能直，密處能疏，奡處能平；狀難狀之景，達難達之情，而出之以自然，自是北宋巨手。然好為俳體，詞多媟黷。

一生落拓以終的三變，對於種種生前身後的盛譽，大概也只能發出千古沉沉的歎息罷了。

八聲甘州

【原詞】

對瀟瀟暮雨灑江天，一番洗清秋。

【語譯】

黃昏時，江面上剛灑過一陣瀟瀟的細雨，把秋天

漸霜風淒緊，關河冷落，殘照當樓。
是處紅衰翠減，苒苒物華休。
惟有長江水，無語東流。

不忍登高臨遠，
望故鄉渺邈，歸思難收。
歎年來蹤跡，何事苦淹留？
想佳人，妝樓顒（ㄩㄥˊ yóng）望，
誤幾回天際識歸舟。
爭知我？倚闌干處，正恁凝眸。

的清冷都洗出來了。不覺間，霜寒的風逐漸加緊，放眼望去，關隘河山一片冷落，樓臺正沉浴在斜陽的餘暉裡。遍處是衰殘的紅花與零落的翠葉，所有的景物都逐漸消褪了昔日的華光。只有那汩汩的長江水啊，依舊默默地往東流去。

多麼不忍登樓遠眺，每次眺望故鄉都覺得渺遠極了，空惹得滿懷歸思，難以收拾。幾年來行蹤如萍，漂泊不定，不禁感歎：到底為什麼還要在異鄉苦苦留駐？時常懷想心中的伊人，一定在妝樓上癡癡想望，不知道有多少回看見天邊的歸帆，都誤以為是我回來了。她怎曉得，我在這兒也孤獨地倚著欄杆，正如她一樣在癡愁裡煎熬著呢？

【賞析】

柳永把他在仕途上無可歸依的摯情，全部轉移到藝術的創作上面，他是那樣洞見著人生因此身而難以釋免的悲苦，又能婉切蘊藉地訴出人們可能經歷的內在世界。這闋〈八聲甘州〉的韻律很幽柔淒婉，以長調來鋪述鄉愁與愛情交織成的苦悶，是柳永最擅其場的。

「對瀟瀟暮雨灑江天，一番洗清秋。」先從氣候與時間落筆，氣象極大，味況也極清曠。緊接著「漸霜風淒緊，關河冷落，殘照當樓」，鏡頭漸漸轉向近處的特寫，使得以清秋、暮雨、江天為背景的綿愁情懷，更加深了蒼涼豪遠的韻致——「霜風」呼應「清秋」，「關河」是「江天」印象的重疊、復現。「殘照當樓」，豈不隱喻日薄崦嵫的人生？「對」字、「漸」字不但活脫句性，並且使上下文產生一有機之關聯。「是處紅衰翠減，苒苒物華休」與「惟有長江水，無語東流」，正是有限與永恆的對比，也是對人間繁麗易散的歎訴，對自然造化的無能措意的無奈。

下半闋加緊寫歸思的無能遣置：「不忍登高臨遠，望故鄉渺邈，歸思難收」，即使如此，還鄉之情仍以無孔不入之姿，繼續嚙蝕詞人破碎的心靈。揮之不去的綿纏啊——「歎年來蹤跡，何事苦淹留？」問得好、問得苦。還不是為了那「蝸角虛名，蠅頭微利」。然而，畢竟蝸角上頭爭何事？哪一個人不是石火光中寄此身呢！明白這道理的人很多，柳永何嘗不知，只是不能心甘，又無可透悟，只好溺陷在功名的絕望中，掙扎、痛苦、徘徊，苦到極點了，便買醉歌樓、倚紅偎翠，以求麻木自己。只是，從這樣的迷醉中醒來後，又有一個更大更暗的深淵等在跟前。

多情的人愛就愛到那極處去，愈大的挫傷與折磨對他而言，只有更挑起他更熾烈、更不能寧息的癡勁。柳永的戀愛對象多半是青樓佳麗，但是，此闋詞中的「佳人」，衡量上下文，可能指的是獨守妝樓的「妻子」。使柳永覺得「繫我一生心，負你千行淚」的人兒，在他的臆想中正是無時無刻的在「妝樓顒望」（顒字，何等神筆，寫絕了因愛而想而癡，以致楞楞的，頭一動也不動，嘴巴微張的意態），過盡千帆皆不是地等待著。設身處地，最平常不過的一句話，運用到愛情的天地裡，是多麼的摯切有力，——想你該是怎麼苦苦的想我呀！你可知，我跟你想的完全一樣嗎？沒有一個地方，沒有一件物事不讓我凝眸想你。杜甫〈月夜〉詩云：「今夜鄜州月，閨中只獨看。」豈不是異曲而同工嗎？

不是有情人怎能品味出其中無盡的悱惻？不是真正受過人生鉅創的人，怎能體會柳永意興闌珊的哀戀之情？

雨霖鈴

【原詞】

寒蟬淒切，
對長亭晚，驟雨初歇。
都門帳飲無緒，
方留戀處，蘭舟催發。
執手相看淚眼，竟無語凝噎。
念去去，千里煙波，
暮靄沉沉楚天闊。

多情自古傷離別，
更那堪，冷落清秋節。
今宵酒醒何處？

【語譯】

漫天的暮色早已吞沒了這座送別的長亭，一陣急雨才剛剛歇住，耳畔立刻響起寒蟬淒淒切切的鳴聲。她特地在都城門外設帳，為我宴飲送行。此刻，除了戀戀不捨再也沒有別的心緒，多麼希望時間就這樣凝固住，可是，蘭木的舟子已在催促著快快啟航。緊緊握住伊人的手，彼此只能淚眼對淚眼，竟然哽咽得一句話也說不出來。我們心裡都這麼苦思著：這一走，將投入千里無垠的煙波，在遼闊的南天下，把自己交給沉沉暮靄中不可知的「未來」了。

自古以來，多情的人最怕離別了，那種無可克抑的傷感真不知蝕損了多少善感的心魂——更何況，又是在這樣淒冷、寥落的秋天裡。我還是藉

楊柳岸、曉風殘月。
此去經年，應是良辰好景虛設。
便縱有，千種風情，
更與何人說！

著酒想把情愁度過，只是，今宵酒醒之後會是何方呢？也許是曉風殘月裡，一處不知名的楊柳堆煙的河邊吧！這一去，悠悠的歲月中再也無所謂良辰美景了。即使我依然有千種萬種的溫柔情意，又有誰能領會？又有誰值得我向她傾訴呢？

【賞析】

《太真外傳》云：「上至斜谷口，屬霖雨彌旬，於棧道中聞鈴聲，隔山相應，上既悼念貴妃，因採其聲為〈雨霖鈴〉曲以寄恨焉。」可能就慢慢演化成後來的〈雨霖鈴〉曲子，成為一支詞牌的名稱了。

在現實生活中挫傷累累的柳永，卻於詞的藝術領域中充分迸放了他過人的才情。在他之前，詞的形式仍逗留在簡短狹窄的小令裡，很難適合委婉的鋪敘纏綿的情致。到他手中，由於精通音韻之美，復擅長抽絲剝繭、細密妥溜、明白家常的表現技巧，使詞在長調方面走向成熟的階段，獨到的精神意境更是燦然而生。這闋〈雨霖鈴〉與〈八聲甘州〉同是他的力作，不論從情景的相生、對比、交融，或結構的嚴密，造語的寓奇突於平淺來看，都稱得上是不可多得的詞作。

要欣賞柳永的作品，不能不了解他那異於常人的畢生漂泊、仕宦不偶、落拓潦倒的生涯，他無論寫鄉愁或愛情，都梭織著寥落的身世之感，這也就是人們對這位失意的詞人倍加憐惜的原因。〈雨霖鈴〉主要在描寫一份愛人之間，難以割捨而不得不割捨的離情，以蕭瑟清冷的秋雨作背景，烘托出人間情愛無比纏綿悱惻的氛圍來。通篇字斟句酌，沒有一處是掉以輕心的落筆，詞人的巧思與功力一至於此，夫復何求?!

「寒蟬淒切，對長亭晚，驟雨初歇」，這樣的景致本身即染有頗蕭索的氣氛。「都門帳飲無緒，方留戀處，蘭舟催發」，柳永因為仕途坎坷，不得不離開京師他去，這一走，連溫潤的愛情都要拋棄，他怎能有情緒飲酒賦別呢？所以滿心的留連，怎想到不解個中情由的舟子頻頻催促，催出了時光的無情，也催出了「執手相看淚眼，竟無語凝噎」的無奈景象——執手相看，兩情不勝依依；淚眼婆娑中，彼此的內心湧上一股辛酸，把千言萬語化成一團無從說起的哽咽。「念去去，千里煙波，暮靄沉沉楚天闊」，音調幽柔、昂揚相生，值得一唱三歎。此處雖然截情入景，但情韻更見悠遠不盡。為別後的生涯設想，一則煙水杳渺，伊人難見，再則自己的前途更如同投進千里暮靄般的陰暗、沉重。

下半闋的情調更見傷悃，有萬劫不復之勢。「多情自古傷離別，更那堪，冷落清秋節」，把個人的悲情層層逼進生命的死角。「今宵酒醒何處？楊柳岸、曉風殘月」，又是對最近未來的一處懸想，它是一名多情遊子兼落魄文人內心真正的感傷，帶有一種濃厚頹廢的陰柔美——乘著酒意的餘勇，他揮手別了心心念念的伊人，和象徵著人生功名爭逐核心的都城，同時也揮走了青雲的壯志，無所為也不能為地漂泊向另一處陌生的地方。真想酒醒時有家鄉溫暖的燈火等我去投奔，有伊人似水的情懷待我去緊擁啊，但是，癡想的盡頭是什麼呢？想來大概只有楊柳岸邊的曉風殘月兀自淒清著吧！而今而後，良辰好景總成虛設，它對幸福的人才有所謂的「意義」，受苦受難的人一向是與之絕緣的。「應是」兩字，更見用情之癡之真。最後一句「便縱有，千種風情，更與何人說！」真是人間透骨情語，豈只傳神而已。《詩經》寫怨婦說「豈無膏沐，誰適為容？」柳永對別情的體會則更含蓄、更深細，本是普天下有情人最不足為外人道的心聲，卻被柳永那麼妥貼、精確地道個正著。

即便有一身咄咄逼人的才氣，若無實際生活中七情六慾、起伏榮辱的鑄煉，也成就不了一名了不起的大詞人。柳永，正是最典型的一個例子，你可以不喜歡他的「俚俗」，你也可以厭恨他的潦倒頹廢，但是，你永遠否定不了在他的一生中，「凡有井水處，即能歌柳詞」的驕傲。他在詞史上的不朽是以不盡的血淚滄桑換來的。

【附錄】

望海潮

【原詞】

東南形勝，江吳都會，錢塘自古繁華。
煙柳畫橋，風簾翠幕，參差十萬人家。
雲樹繞堤沙，怒濤卷霜雪，天塹ㄑㄧㄢˋ qiàn 無涯。
市列珠璣，戶盈羅綺競豪奢。
重湖疊巘ㄧㄢˇ yǎn 清佳：有三秋桂子，十里荷花。
羌笛弄晴，菱歌泛夜，

【語譯】

錢塘（今浙江杭州）是江南勝地，自古繁華的大都會。這兒柳態如煙，橋景似畫，在風簾翠幕裡，住著參差不齊的十萬人家。繞城的錢塘江水是天然的屏障，堤邊圍著一簇簇雲般的樹林，潮水洶湧時彷彿迎空捲起的茫茫霜雪。市場上陳列著各種款式的珍珠美玉，家家有的是綾羅綢緞，好一片競豪爭奢的光景！

西湖群山清麗，裡湖、外湖與後湖景致絕佳：到處可聞三秋桂花的飄香，一眼望去盡是連綿十里的荷花，還有那日夜依依的笛管，和採菱舟上流嬉嬉釣叟蓮娃。

千騎擁高牙，

乘醉聽簫鼓，吟賞煙霞。

異日圖將好景，歸去鳳池誇。

盪的清歌。稍微留神就能瞥見悠然垂釣的老翁，耳邊不時傳來三三兩兩採蓮姑娘嬉悅的聲音。孫何先生（時任兩浙轉運使，駐節杭州）出巡時的排場可真大呀！成千的騎兵簇擁著大軍旗，看他一邊乘醉聽簫鼓，一邊還吟賞煙霞呢。將來回到朝廷，一定會將此地的風光好好向大家去誇述吧！

蘇軾（西元一〇三七—一一〇一）

蘇軾，字子瞻，自號東坡居士，眉州眉山（今四川眉山縣）人，生於宋仁宗景祐三（西元一〇三七）年十二月，卒於宋徽宗建中靖國元年。他是文學史上罕見的全能作家，不世出的大天才。二十一歲中進士，不久即名滿京華。神宗時因反對王安石的新法，不斷遭受貶黜；甚至被捕入獄。哲宗時舊黨主政，東坡被召還為翰林學士，除兵部尚書。晚年新黨再度掌權，東坡累以文字獲罪，遠貶海南島。宋徽宗即位（西元一一〇一年）大赦北還，病歿於常州，享年才六十五歲。

東坡的一輩子幾全是憂患失意的境遇，雖然對現實的政治是那麼充滿著不平的心情，但他經常保持樂觀豪邁的精神，不時發出健朗慧黠的笑聲。山水田園的樂趣、友朋詩酒的摯情、哲理禪機的妙悟、手足妻兒的溫暖，以及為了苦難生民的奔波請願，梭織成他豐富有意義的一生。他這種瀟灑自如的生命態度，讓他的政敵們簡直氣壞了，就更加緊用盡手段來折磨他，可是，東坡最後倒下來的只是肉身，他的精神已經不朽於永恆的人間。

東坡以他跌宕千鈞的筆力、縱橫磅礴的氣勢，一掃晚唐五代以來柔靡豔惻的詞風，使詞壇開拓出一種前所未有的新氣象來。他以詩為詞，將詞的內容，由先前狹隘的兒女豔科，擴展到詠史、說理、懷古、談玄、感時傷事，旁及山水田園、身世友情的抒寫，真正達到「無意不可入，無事不可言」的地步。詞的題材既然牢牢配合了個人生活的各個層面，與歷史興亡的觸感，那麼它在意境與風格上，都勢必大大突越前人的局限。東坡詞的風格是多樣的，他既能豪放高曠，復能清麗韶秀，只要他用心用情去寫，是沒有什麼能範圍他、難倒他的。

詞從唐至北宋前期，必定力求協律可歌，詞家們往往為了遷就音樂性而使詞的文學生命減色。可是，一到東坡的手裡，他那天馬行空的才情，是不允許被這些腳鐐手梏給限制住的，所以，他的詞性往往不協音律。不了解東坡的人還以為他不懂音樂，或誤會他根本不會唱歌，其實是「不喜剪裁以就聲律」耳！這也是他橫放傑出的才情所使然。從某個角度上來看，東坡這種作風，正打破了幾百年來音樂所加之於詞的束縛，使詞能在文學的天地裡恣意地蓬勃發展，不能不說是一項卓越的貢獻。

江城子　乙卯正月二十日夜記夢

【原詞】

十年生死兩茫茫，
不思量，
自難忘。
千里孤墳，無處話淒涼。
縱使相逢應不識，
塵滿面，鬢如霜。

夜來幽夢忽還鄉，
小軒窗，
正梳妝。
相顧無言，惟有淚千行。
料得年年腸斷處，
明月夜，短松崗。

【語譯】

十年來生死相隔的歲月裡，該是兩處茫茫吧？即使不去思量它，也很難忘懷。如今你獨自遠在千里外的孤墳中，我內心的淒涼是沒有地方去訴說的。縱然有機會再度重逢，恐怕你也認不得我了，你怎麼想像得到我已經風塵滿面，兩鬢如霜了呢？

昨夜夢魂輕飛，居然回到家鄉。清楚地看見你坐在小窗口旁，正在梳妝打扮。我默默望著你，你癡癡看著我，任由千行萬行的眼淚簌簌落下來。自從你離我遠去，去到一個我所不能及的世界起，我已經料到，這明月裡栽滿松樹的小山崗，將是我年年心碎腸斷的所在了。

【賞析】

這闋詞寫在東坡元配夫人亡後十年。雖然悠悠生死別數年，但王氏的魂魄還是來入夢了，時間的流逝和空間的轉換所能淡化的，似乎只限於某些不經意的俗情，而東坡與元配王氏之間所存在的情感，則隨著死者的漸去日遙，生者的閱歷日深而益加深沉、厚重。

東坡十九歲那年在父母的安排下，娶十六歲的王弗為妻，她是位明理、能幹而現實的女人，具有那種能力，可以看出自己丈夫的縱橫才氣，甚至隱隱預料到東坡日後的成就與名望。她不僅衷心崇拜他、敬愛他，更能在東坡「小事糊塗」的時候提醒他。比方說，東坡最可愛也最糟糕的毛病，就是他老是無法看出別人的錯處，他不僅好人、連惡人都相信，而王弗呢？大概是基於女人天生智慧的敏感，比較能冷靜地分出什麼是好人、什麼是壞人。所以她的話總讓東坡事後深感佩服，即使當時並不見得同意。不過，東坡之所以為東坡，就在於他永遠學不會設防，更別說是算計別人了。

王弗二十七歲就跟她最摯愛的丈夫永別，她為他留下一個七歲大的兒子。十年的婚姻生活，多半在奔波忙碌中度過，王弗走得這麼早、這麼匆促，以致無法分享到日後東坡的聲華榮耀；三年後，東坡繼娶了她的堂妹王閏之，她才是東坡人生中最活躍時期的伴侶。

介紹到這裡，我們對東坡作這闋詞的情感緣起，也許有多一點的了解。說不定他對她有一份永遠彌補不了的歉意，雖然比起往後照亮東坡愛情生命的朝雲而言，王弗可能沒有承受過他細膩深致的愛戀，但是，她在東坡的心底深處，是以另一種永不抹滅的情姿存在著的。

生死異路之後，東坡徹底投身於人生的戰場，王弗則孤單地行向世界的彼端。東坡寫過：「人生無離別，誰知恩愛重？」離別，當然是包括了生離和死別，生離的人也許還有機會互訴情衷，「身在情長在」呀！死別呢？「千里孤墳，無處話淒涼」——還有什麼比這句話更沉愴、更悲涼的？

而更悲涼的可能在於以下的獨白和懸想吧：

縱使相逢應不識，塵滿面，鬢如霜。

十年的人世滄桑與幻化，已然使當年英挺、俊逸的青年變成滿面風塵、雙鬢如霜的壯年了。即使相逢了，她還能辨識他嗎？

事實上是再也無法碰面的，可是，總還有夢可資依憑，東坡似乎只是有點驚異於自己的「夜來幽夢忽還鄉」，會不會是他已極其熟悉這夢途，只要輕輕閉上眼，全心全意深深追憶她，果爾就可以清晰望見她，款款地坐在家裡的小軒窗旁，正著意梳髮整妝？——伊還是那永恆的年輕，那眼色、那神容，從來如是。唯一最大不同的，是現在「相顧無言，唯有淚千行」，完全取代了往昔對遠景的共同期待。

東坡太率真，從某種意義而言，他的人生真的四十才開始。從這個四十歲的點，他驀然回首，淚光闌珊處，正是愴痛的伊人。當然，東坡的淚千行，除了對亡妻綿想的感情外，一定還夾帶著許多不足為外人道的辛酸。

夢總有醒的時刻，證諸東坡往後的生命歷程，我們知道，東坡是以笑來昇華淚的能手。他的生命內容豐富而深刻，他掌握了大快樂，同時也就吞嚥著大痛苦。他容或未能給王弗以全部的愛情，但是，當我們讀到他所說：

料得年年腸斷處，明月夜，短松崗。

這句詞的時候，有誰還能疑惑他的真呢？

水調歌頭 丙辰中秋，歡飲達旦，大醉作此篇，兼懷子由。

【原詞】

明月幾時有？把酒問青天。
不知天上宮闕，今夕是何年？
我欲乘風歸去，惟恐瓊樓玉宇，
高處不勝寒。
起舞弄清影，何似在人間！

轉朱閣，低綺戶，照無眠。
不應有恨，何事長向別時圓？
人有悲歡離合，月有陰晴圓缺，
此事古難全。
但願人長久，千里共嬋娟。

【語譯】

我舉起酒杯向沉默的上蒼詢問：像這樣明圓的月兒，能持續幾時呢？不曉得天上的宮闕，今夜是何年何月？在醺然的酒意裡，我極想乘風歸去，可是，又恐怕高高在上的玉宇瓊樓，有著令人難堪的肅寒。恍惚中，我翩然起舞，舞碎了自己清瘦的孤影，覺得輕飄飄的，竟不像是在人間了。

不久，明月轉過朱紅的樓閣，斜向綺麗的門扉，正好照著難以入眠的我。月兒啊，你是不應該有什麼憾恨的，為什麼偏在人間無數的分別裡兀自圓滿呢？人生總有太多的悲歡離合，月兒也有不斷的陰晴圓缺，自古以來就沒有持久的完美。只願人們心底深處長存著一份摯情，那麼，即使相隔千里，也能共看清瑩的月亮遙訴心曲了。

【賞析】

東坡天生是個見不得生民受苦的人，他不斷以詩文來表達民間的疾苦，抗議政治上種種不合理的措施，好像從來不考慮這些抗議，對自己（前途）有什麼不良的阻礙；所以，他一輩子幾乎很少在同一個地方待三年以上，倒是隨時有收拾行囊的心理準備。神宗熙寧七（西元一〇七四）年，他從杭州移往青島附近的密州擔任太守，這闋大家公認為歷史上最好的中秋詞，就是他在密州期間（西元一〇七六年中秋）的作品。

密州非常貧瘠，跟杭州比起來不啻霄壤，官員的待遇又低得可憐，加上早五年開始，便與王安石不合，造成政治生涯的載浮載沉。元配王氏的逝世，對踏入不惑之年的東坡而言，的確有許多沮喪、不安、悲哀，甚至恐懼的心情隱藏在他那豪曠、嘻笑的外表底下。這時，東坡和一同苦樂相依，手足情深的弟弟蘇轍匆匆一別已是五載，山水遙隔，會面無由，更加深了他對現實人生的迷惘，以及多重感觸的鬱結。現在偶逢中秋，月圓人不圓，世情的多幻多變，怎不令東坡豪飲大醉，醉後揮筆？

藉著對蒼天的既問且訴，我們感受到一顆溢滿人間熱愛的心靈，是多麼掙扎、多麼痛苦。「我欲乘風歸去」，就這樣飄然遠舉了，了無掛意該多好。可是「惟恐瓊樓玉宇，高處不勝寒。」啊！還是回頭縱身人海吧，對東坡這樣的人而言，他對蒼生的關注是永遠放不下的，他是一個要把生命徹底活過的人。所以，他還是選擇了世態冷暖，多苦多難的人間。

對著如霜似水的月色，東坡是難以成眠的。照理說，造化即便不仁，也「不應有恨」才是，為何老是選在人間別離失意的時候，兀自團圓呢？這句寫得宛曲極了，其實，大家都曉得是因為人間的離別太頻仍，人生的失意太繁多——青春、韶秀、喜聚、愛戀，儘管煙雲即逝，原本「此恨不關風與月」。東坡是要故意這麼說的，但，如果你以為他因著不斷的磨折就心裡有了恨、有了憾，那也不盡然。

東坡很癡情，他問天詢月，結果是自問自答。他承許了「人有悲歡離合，月有陰晴圓缺，此事古難全」的現實，這個任誰也拗不過。既然如此，那麼人生的不能完美也該泰然接受，與其念念不忘它的殘缺，倒不如好好惜生，讓溫婉的月兒來見證異地相隔，但又能深互懸念的人間至情吧！下面，我們特別錄下東坡的〈沁園春〉供大家參考，它是由杭州到密州途中，想起弟弟，情不自禁地吟賦的詞篇，非常感人。

沁園春　赴密州，早行，馬上寄子由。

孤館鐙（ㄉㄥ dēng）青，野店雞號，旅枕夢殘。
漸月華收練，晨霜耿耿，雲山摛錦，胡露團團。

世路無窮，勞生有限，似此區區常鮮歡。
微吟罷，凭征鞍無語，往事千端。
當時共客長安，
似二陸初來俱少年。
有筆頭千字，胸中萬卷，致君堯舜，此事何難？
用捨由時，行藏在我，袖手何妨閒處看。
身長健，但優遊卒歲，且鬥尊前。

定風波

三月七日，沙湖道中遇雨，雨具先去；同行皆狼狽，余獨不覺。已而遂晴，故作此詞。

【原詞】

莫聽穿林打葉聲，
何妨吟嘯且徐行。
竹杖芒鞋輕勝馬，

【語譯】

別在意那些穿過樹林、敲打樹葉的雨聲，閒來不妨率情吟嘯，慢慢走，把步履放輕鬆。手拄著竹杖、腳踩著芒鞋，這樣子走起來可是比馬還輕快

誰怕！
一簑煙雨任平生。
料峭春風吹酒醒，
微冷。
山頭斜照卻相迎，
回首向來蕭瑟處，
歸去。
也無風雨也無晴。

哩！人生的路途上，有什麼好怕的？即使是一身簑衣在滿目煙雨中行走，也可以安度此生。

春風猶帶著幾分寒勁，把我微醺的酒意都吹醒了，心頭不禁湧起絲絲的清冷。山頭西下的落日，卻正緩緩迎面而來。回頭細思從前走過的路子，那一幕幕蕭瑟的景象在眼前浮起。還是回去吧！想開了、想透了，其實也沒什麼大不了的風雨、了不得的麗晴。

【賞析】

猛一接觸這首作品，會讓人覺得東坡真是既瀟灑又豪邁、既堅強又沉穩，馬上由衷地喜愛起來。表面上看去，它似乎是一回「中途遇雨」的寫實經驗，深一層體會的話，全篇句句都是雙關語，充滿著豐富的隱喻。

宋神宗元豐二（西元一〇七九）年七月，東坡終因與王安石的政治立場不合，被控「中傷政府」、「惡意攻訐」，革去湖州刺史的官職，旋即被捕入獄，審訊相當久，共歷六、七週。他一共在牢中關了四個月零十二天，直到除夕方才出獄，貶至漢口附近的黃州。

死裡逃生的東坡，心魂震盪，開始真正潛心思索生命的真諦。他花了相當大的心神，來作內在的觀照反省，努力研究心靈澄靜平安的途徑，信教似乎愈來愈虔誠，心和形更是盡量與大自然融合。他和家人在黃州待了四年，過著極清苦的物質生活。這裡的景色其實並不出色，但是，東坡有意把它想像成、感受成無比的風華，他很快地又興致勃勃地過活起來。而這闋〈定風波〉，就是這段期間的作品，寫的時候東坡四十七歲。

「烏臺詩案」的確是東坡人生旅程上的一場暴風疾雨，他放言高論，根本不作提防，入獄受審時，不知有多少了解他的人們在精神上支持他，他的風骨神采更令獄卒對他禮遇有加。所以，儘管急雨「穿林打葉」而來，東坡內心深處所堅執的那個信念綽綽有餘，使他在精神上「吟嘯且徐行」。當人們退回「竹杖芒鞋」時，通常忍不住懷念有「馬」時的快速、便當。可是東坡卻能從相對的角度去想「竹杖芒鞋」自有它的恬適、輕鬆。一陣急雨有什麼可怕的呢？它總會過去的，就算它苦挨著不肯停，簑衣一襲，也可以撐起一場淡泊的人生哪！

雨終於停了，來自人間的料峭春風驅走了酒意，陡地拂來一身（心）寒意（再怎麼說，東坡還是免不了劫難後的餘悸）。一仰首，迎面而來的竟已是依依的夕照——四十七歲，人生的顛峰尚有多少？往前看，是看不見日正中天的景象了。回頭望向一路走過的痕跡，所有的風風雨雨，已逐漸歸於平靜，平靜得讓人覺得有一種蕭瑟的清涼，一種醉後的清醒。

星流雲散，那也就是歸去的時刻了。

所謂的風雨和所謂的麗晴，以及，所謂的滄桑和所謂的甘甜，原也不過是轉化相對的現象而已，到頭來，還不是復歸虛無。那麼，還要斤斤然掛意、執著些什麼呢？

穿過風雨的東坡，終於體觸到生命的真諦，同時也為自己找到了安頓的地方。

念奴嬌　赤壁懷古

【原詞】

大江東去，浪淘盡，

千古風流人物。

【語譯】

長江滾滾東去，洶湧的浪濤，沖盡千古以來的英雄人物。聽人家說，這個古舊的營壘就是三國時

故壘西邊，
人道是、三國周郎赤壁。
亂石崩雲，驚濤裂岸，捲起千堆雪。
江山如畫，一時多少豪傑。

遙想公瑾當年，小喬初嫁了，
雄姿英發。
羽扇綸巾，
談笑間、強虜灰飛煙滅。
故國神遊，多情應笑我，早生髮華。
人生如夢，一尊還酹江月。

代周瑜的赤壁。那山崖上嵯峨纍疊的亂石，彷彿把天上的雲絮都崩開了。駭人的波濤，那凶猛的氣勢直要把岩岸撕裂，重重捲起如雪的浪花。這片如畫的江山裡，一時有多少豪傑登場！

想起遙遠的當年，美麗的小喬剛剛嫁了過去，周瑜正是雄姿英發。手執羽扇，頭戴綸巾，儒雅的周瑜呵，在閒談笑話之間，竟使強勁的魏軍全化成了灰燼。如今，我身在此地，心神卻飄遊向故鄉，多情的人兒大概會笑我，這麼年輕就白髮叢生了。唉，人生真像一場大夢，還是舉起酒杯，向江上的明月默默憑弔已如雲煙的往日吧！

【賞析】

這闋詞是東坡謫居黃州期間（西元一〇八〇—一〇八四）的作品，與前後〈赤壁賦〉

和〈記承天寺夜遊〉同為此期的佳構。

神宗元豐五（西元一〇八二）年，東坡四十七歲，曾經兩度遊赤壁，不過，黃州的赤壁並不是三國時有名的「赤壁之戰」的現場，這點東坡自己也知道，只是地名相似，思古幽情自然緣此而發了。

當東坡目睹「大江東去」的自然壯景，不覺於「逝者如斯，不舍晝夜」的體觸中，勾起「浪淘盡，千古風流人物」的歷史興亡感來。這群當年登上時代舞台的風雲巨星，像周瑜、諸葛亮、曹操、魯肅，儘管曾經在歷史的洪流裡「亂石崩雲，驚濤裂岸，捲起千堆雪」，騁盡不可一世的英雄氣概與風流本色，但是，如今安在哉？江山依然如畫，別來完全無恙，可是人物則早已星流雲散。除了西邊古舊的營壘，似乎還能引導人滑進時光的隧道之外，恐怕一切都已經成為「人道是」的虛惘了。

這一群濟濟的豪傑裡，顯然「周郎」極突出於東坡的概念中，所以，他才以「三國周郎赤壁」作為其中代表的焦點。從下半闋對周瑜畫龍點睛的描述，正道出東坡無比渴慕的心情。「遙想公瑾當年，小喬初嫁了，雄姿英發」——一位英俊儒雅的少年，娶了當代的絕色美女小喬，豈不是造化之最？而倜儻風流的周瑜竟然在「羽扇綸巾談笑間」，就讓「強虜灰飛煙滅」，這真是男人氣概的極致了，愛情、事功兩全，人生到此，夫復何求？

面臨如此浩蕩的江水，如此空靈的歷史遺音，東坡真想把自己納入這位英雄的精魂裡了，可是一不留神，卻又自懷古的玄想中跌回現實，往事早已如煙，再回頭看看自己，不僅不如當年雄姿英發的周瑜，而且是塵滿面，鬢如霜了。——但，多麼使人忍不住神往呵！

「故國神遊」，當指以上種種對英雄史蹟的懷想神遊。「多情應笑我，早生華髮」的「多情」或有三種說法：第一種指東坡的亡妻王氏，為什麼呢？因為詞中周郎、小喬的情殷，正所以對應東坡與其亡妻的意摯。第二種說法認為「多情」是指東坡自己，這麼一來，就是東坡自嘲自話了——因為自己太多情，常常胡思亂想，才會早生華髮，所以自個兒覺得好笑，藉這一笑，把前面的神遊癡想一把推開去，而引出最後的結語。第三種看法是：「多情」指稱周瑜。從詞中兩次提到周瑜，以及以他的愛情事蹟作為懷古傷今的重要脈絡來看，東坡的神思極願與他疊合，藉著神遊故國的機緣，他們的精魂是可以在歷史的甬道中相逢的，這時，仰慕周瑜的東坡內心想道：

「你該會笑我早生華髮吧？」

也許，周瑜會拍拍這位老弟的肩膀，笑而不語；也許，正當這時，東坡不知為何猛然跌回當下的現實世界；也許，周瑜只如一張幻影，小喬、赤壁火戰……都急速化去，只留下眼前盈耳的濤聲，和那巨大的天地，兀自永恆著。

東坡神遊至此，不覺深感：「人生如夢」。尊裡美酒留著作什麼呢？人生匆匆，至少在大江東去，浪淘盡這一代的風流人物之前，且為那不竭不盡的江中明月祭拜一杯吧。而這一節赤壁因緣，倒成就了約三百年後寫於《三國演義》之前的一闋〈西江月〉序詞，現引於後：

滾滾長江東逝水，浪花淘盡英雄，
是非成敗轉頭空，
青山依舊在，幾度夕陽紅。
白髮漁樵江渚上，慣看秋月春風，
一壺濁酒喜相逢，
古今多少事，都付笑談中。

【附錄】

（一）永遇樂

彭城夜宿燕子樓，夢盼盼，因作此詞。

【原詞】

明月如霜，好風如水，清景無限。
曲港跳魚，圓荷瀉露，寂寞無人見。
紞（ㄉㄢˇ dǎn）如三鼓，鏗（ㄎㄥ kēng）然一葉，
黯黯夢雲驚斷。
夜茫茫，重尋無處，
覺來小園行遍。

天涯倦客，山中歸路，
望斷故園心眼。
燕子樓空，佳人何在？空鎖樓中燕。

【語譯】

明月像霜華般的白潔，好風像清水般的柔涼，眼前是一望無際的清秀景致。彎曲的港灣裡傳來此起彼落的魚跳聲，圓滿的荷葉有水露的滴響，可惜無人領會到這份寂寞的清美。迷糊中聽見鼓打三更，一片葉子「鏗」地一聲掉下來，驚斷我幽渺如雲（彷彿見到關盼盼）的夢境。茫茫夜色中，獨自把小園走遍，卻再也找不到伊人的蹤影。

長久地浪跡天涯，真令人倦意滿懷。山中縱有歸路，可是，就算把故園的方向望斷了，歸期依舊難料。燕子樓中人煙杳渺，昔日的佳人到哪去了

古今如夢，何曾夢覺？
但有舊歡新怨。
異時對，黃樓夜景，為余浩歎。

（二）江城子 密州出獵

【原詞】

老夫聊發少年狂，
左牽黃，
右擎蒼。
錦帽貂裘，千騎卷平岡。
為報傾城隨太守，
親射虎，看孫郎。

呢？只是空鎖著一群不諳人事的燕子罷了。古往今來真像一場場無休止的夢，有誰真的從夢裡醒來過呢？似乎只剩得那不斷更迭的舊歡新怨。我此刻在燕子樓中，為關盼盼感歎，或許將來，也會有人面對我所建造的黃樓，在夜色蒼茫中，為我發出聲聲長歎吧！

【語譯】

老夫興來姑且學少年狂勁模樣。看我左手牽黃狗，右臂舉蒼鷹；頭戴錦蒙帽，身穿貂鼠裘，威風八面，帶著隨從千騎奔馳過山崗。為了酬謝滿城的人前來觀獵的盛意，看啊！讓你們瞧瞧，我就是三國時代跨馬射虎的英豪孫郎（即孫權）！

酒酣胸膽尚開張，
鬢微霜，
又何妨！
持節雲中，何日遣馮唐？
會挽雕弓如滿月，
西北望，射天狼。

酒酣耳熱興味濃，胸懷開曠膽量大。哈！像我這把年紀，鬢髮星霜又何妨！我恰似漢朝魏尚，困阨邊疆，不知道什麼時候朝廷才會派遣正義凜然的馮唐，持著信符，再任命為雲中守呢？到那時，我將狠狠把弦拉成滿月形，瞄向西北，射天狼星座，為國家掃除妖孽。（東坡正以魏尚自喻）

晏幾道

（西元一〇四八－一一一八）

晏幾道，字叔原，號小山，撫州臨川（今江西臨川縣）人。宋仁宗慶曆八（西元一〇四八）年生，他是晏殊的第七個孩子，也是位老來子（當時晏殊五十八歲）。仁宗至和二（西元一〇五五）年，晏殊去世，而晏幾道剛好八歲。他生於侯門，身為王孫，在繁華富麗的天地度過童年歲月。這些經驗深深地影響他後來的創作。

晏幾道生來好學，潛心六藝，玩思百家，他「磊隗雋奇」（《小山集．序》），論調很高，但不為釣名沽譽。「文章翰墨，自立規模」，「論文自有體，不肯一作新進士語」（同上）。他本性豪邁不拘，不苟求進，心地純潔，稟賦天真，深信「齊斗堆金，難買丹誠一寸真」（〈采桑子〉），所以，他披瀝肝膽與朋友交往。他「疏於顧忌」（《小山集．

序》），凡事不太計較，「人百負之而不恨，已信人終不疑其欺己。」（同上）難怪好友黃山谷說他「癡絕」了。

在感情上，他一往情深，多愁善感。他曾說：「多情愛惹閒愁」（〈憶悶令〉）、「到情深，俱是怨」（〈更漏子〉），所以他的詞篇盡是「多愁饒恨」（〈于飛樂〉）的心聲。他「仕宦連蹇」，但並沒有一傍貴人之門，憑他父親的社會關係，至少可以改善他的處境，可是他「一肚皮不合時宜」（況周頤《蕙風詞話》），始終以「固窮」作為生活原則。

宋神宗熙寧二（西元一〇六九）年，王安石為參知政事，創行新法，使得政治紊亂，民不聊生，這時晏幾道有位好友名叫鄭俠，慨然上書，直指新法的不當，文中提到罷黜呂惠卿，進用馮京（按：馮京為富弼女婿，幾道甥婿），並繪流民圖呈上。結果，在熙寧七（西元一〇七四）年，鄭俠遭貶黜，謫移英州編管，並窮究和鄭俠平時有來往的人，在鄭俠的篋笥裡找到幾道寫給鄭俠的一首詩：

小白長紅又滿枝，築毬場外獨支頤。
春風自是人間客，主張繁華得幾時？

終於因這首詩，幾道亦被株連而鋃鐺入獄。後來神宗讀了這首小詩，大為讚賞，即令釋出。

元豐二、三（西元一〇七九—一〇八〇）年間，幾道在開封與黃庭堅、王紘等人同遊唱和。五年，三十五歲的幾道，當了卑微的潁昌許田（今河南許昌縣西南）監鎮。

宋哲宗元祐三（西元一〇八八）年，以長短句著名的晏幾道，引起蘇東坡的注意，想透過黃庭堅的介紹會晤幾道，但被幾道婉絕了，當時幾道說：「今日政事堂中半吾家舊客，亦未暇見也。」（《硯北雜志．上》）

宋徽宗崇寧四（西元一一〇六）年，晏幾道五十九歲，在開封府任推官，以兩經獄空，轉一官，並賜章服。他「年未至乞身，退居京城賜第，不踐諸貴之門。」（王灼《碧雞漫志》二）在這之前，他還當過太常寺太祝（歐陽脩撰〈晏殊神道碑〉）。大概在徽宗政和末年（西元一一一八），這位傳奇的王孫晏幾道才離開世界，享年約七十歲。著有《小山詞》一卷，計二百五十六闋，及詩六首。

從晏幾道的生命史上看，他經歷了仁宗、英宗、神宗、哲宗、徽宗五朝，在詞史裡應該屬於北宋後期的作家。他的詞「工於言情」（陳廷焯《白雨齋詞話》），而且「得之天然」（王灼《碧雞漫志》），由於耿介的個性，與一往情深、多愁善感，使他的感情世界呈現悲劇的樣態。所以，馮煦說：

小山，古之傷心人也。（《六十一家詞選・例言》）

臨江仙

【原詞】

夢後樓臺高鎖，酒醒簾幕低垂。
去年春恨卻來時。
落花人獨立，微雨燕雙飛。

【語譯】

醒來時，醉夢中的歡情消失了。人去樓空，外面的景象是那麼淒清；門簾低垂，我孤獨在這裡，守著一室幽靜。在這孤寂無奈的當頭，去年的「春恨」好生捉弄人，如浪潮一般湧上心田。微雨中，獨自走到花前，花瓣繽紛落了下來，莫非告訴我，春天就要走了。而燕子偏雙雙對對的飛來飛去，牠們怎會知道，牠們的快樂，是我的傷悲。

記得小蘋初見，兩重心字羅衣。
琵琶絃上說相思。
當時明月在，曾照彩雲歸。

依稀記得第一次看到小蘋姑娘的時候，她特殊的情韻，讓我終生難忘。那夜，她穿著兩重心字的羅衣，體態婀娜。纖細的手指透過琵琶輕訴相思，真教人陶醉呀！然而，往事如雲煙，空留回憶罷了。今夜，望著當時照著小蘋姑娘回去的明月，禁不住讓人感慨世事滄桑了。

【賞析】

在感情上，晏幾道是屬於一往情深、多愁善感的詞人，他曾自剖：「多情愛惹閒愁」（〈憶悶令〉），「到情深，俱是怨」（〈更漏子〉），因此，在他的二百五十六闋詞裡，盡是「多愁饒恨」（〈于飛樂〉）、「點點行行，總是淒涼意」（〈蝶戀花〉）的心聲。根據我的統計，這種「悲涼」的情事在《小山詞》裡，共有一百七十五闋之多，難怪馮煦會說：「小山，古之傷心人也！」

〈臨江仙〉的感情基調是悲涼的，其主題是追憶過去與歌女小蘋的一段情。

根據晏幾道《小山詞・跋》：

始時沈十二廉叔、陳十君寵家有蓮、鴻、蘋、雲，品清謳娛客。每得一解，即以草授諸兒，吾三人持酒聽之，為一笑樂。已而君寵疾廢臥家，廉叔下世，昔之狂篇醉句，遂與兩家歌兒酒使俱流轉於人間。

可以知道，這些際遇可能是此闋詞的創作背景。所以張宗橚的《詞林紀事》便直截了當地說：「此詞當是追憶蘋、雲而作。」不過，還值得商榷，我們認為「此詞當是追憶歌女小蘋」可能來得恰當些。

上闋開始兩句：

夢後樓臺高鎖，酒醒簾幕低垂。

是同行並置的句型，著重眼前實景的描繪。這種句型可能是從晏殊〈踏莎行〉的「一場愁夢酒醒時」一句演繹而來。醒來時，醉夢中的歡情消失了，人去樓空，外面的景象是那麼淒清；門簾低垂，我孤獨在這裡，守著一室幽靜。

很明顯地，這兩句不僅在描繪詩人所處的隔絕時空，同時也在襯托詩人內心的孤寂感，特別是在「夢後」、「酒醒」時，春恨秋愁，離情別怨，和無端的閒愁更乘虛而入，迸湧心田。

接著：

去年春恨卻來時。

是在上述心情下的自然反應。「春恨」，點出時間，也反襯出去年此時此地令人感到「美好愉悅」的一段經歷。可是物是人非，春恨立即乘機而入，瀰漫空虛的心靈。最後二句：

落花人獨立，
微雨燕雙飛。

與「春恨卻來時」是互為因果、關係密切的景象。換句話說，此兩句與「春恨卻來時」是同一時空的展示。「落花」、「微雨」，是春意闌珊的季節，這時，「人獨立」、「燕雙飛」，自然而然，在詩人的心裡形成了極為鮮明的人、物對比：我的獨立與燕的雙飛。這不僅顯現了詩人的孤獨無聊，同時也作了極深刻的嘲弄。看那嬉戲雙飛的燕子，與自己寂寞孤獨的情景，好生揶揄喲，這是第一層「恨」；想到去年此際，自己何嘗不是也跟心上人肩並肩、手攜手，對著「落花」、「微雨」傾訴衷曲？然而，人走了，情調也沒了，眼前的景象徒增惆悵情緒，而那「雙飛」的燕子，不解人情，偏在這時出現，這是第二層「恨」。總而言之，作者試圖藉外在人、物的對比，來襯托其內心的寂寞淒苦。

下闋開始三句：

記得小蘋初見，兩重心字羅衣。
琵琶絃上說相思。

在動作上是一脈相連的。由上闋流露的「春恨」、「寂寞」，對現境——空虛——強烈渲染的結果，勢必會轉向過去美好的時刻上，此種追溯的心理，就是補償作用。作者透過三句來刻劃小蘋的形象與情韻，同時也說明他念念不忘的情意。「兩重心字羅衣」與「琵琶絃上說相思」，從視覺（衣裝）與聽覺（琵琶）上去描繪，揭示作者對小蘋的「一見鍾情」，以及小蘋的深情流露。「心字羅衣」，一說是用心字香熏過的羅衣；一說是女人衣服，曲領如心字形狀，這裡除了反映作者細緻的觀察力之外，「心」字也含有小蘋的深情密意，可謂一語雙關。

最後兩句：

當時明月在，曾照彩雲歸。

使「春恨」漲到高潮。「當時明月在」，點出了「過去」歌酒生活，因為「明月」輝照而鮮明，可是，物是人非，如今「明月」依舊，而過去那段歌酒生活，已如鏡花水月，不能再有。尤其是曾經照過小蘋離去的明月，如今依然高掛天空，看著月亮，他內心有著無限的感觸、無限的悲涼。不僅是實指，同時也是暗示，李白〈宮中行樂詞〉：「只愁歌舞散，化作彩雲飛。」把歌妓與彩雲相提並論，很容易讓人生發輕盈、飄逸的聯想。作者以「彩雲」喻「小蘋」，無非強調他對「小蘋」的一份「美感經驗」。

然而作者藉著「情境」的對比，使過去與現在的情境對立，無疑地，也造成了嘲弄的效果。

【附錄】

（一）阮郎歸

【原詞】

天邊金掌露成霜，
雲隨雁字長。
綠杯紅袖趁重陽，
人情似故鄉。

蘭佩紫，菊簪黃。
殷勤理舊狂，
欲將沉醉換悲涼，
清歌莫斷腸！

【語譯】

高臺上仙人掌露盤的露水已結成了薄霜，浮雲跟著雁南飛的行列，拉得長長的，啊，這可不是秋已來到的訊息？趁著重陽節，我準備酒肴，帶著歌女登高去，客居的人情味，習慣後跟故鄉竟然有點相似哩。

佩上紫色的蘭花，插著黃色的菊花，它們的傲霜氣節正如我的孤高，情不自禁，我又將昔日的狂態搬了出來。真想藉一場酣醉來消除胸中的悲慨，可是宛轉的歌聲，千萬別唱出這種悲愴的音調喲！

（二）鷓鴣天

【原詞】

彩袖殷勤捧玉鍾，
當年拚卻醉顏紅。
舞低楊柳樓心月，
歌盡桃花扇底風。

從別後，憶相逢。
幾回魂夢與君同。
今宵賸把銀釭照，
猶恐相逢是夢中！

【語譯】

依稀記得當年妳穿著彩衣，情深意濃地捧著酒杯勸酒，我為妳癡迷。酒逢知己，我喝得臉上雖已酡紅，也不惜一醉，徹夜不停地狂歌熱舞，舞姿連月亮也吸引到楊柳樓裡來（月已斜），歌聲也透過桃花扇裡散入風中（席將散）。

自從別離後，我時常盼望能再相見，多少回做夢和你歡聚在一起。今夜相對，我舉起銀燈照了又照，真擔心我們只是在夢中相逢呢！

秦觀

（西元一〇四九—一一〇〇）

秦觀，字少游，一字太虛，揚州高郵（江蘇高郵縣）人。生於宋仁宗皇祐元（西元一〇四九）年。少時豪雋慷慨，常形之於文詞。舉進士不中，有一次在徐州看到蘇東坡，便寫一篇〈黃樓〉，東坡讀了以後很是感動，以為有屈原、宋玉的才華。特別把他介紹給王安石，王安石也誇獎他的作品像鮑照、謝朓的清新。東坡還勉勵他專心應舉，後來果然登了進士第。

少游嘗過定海主簿、蔡州教授。宋哲宗元祐初，因東坡的推薦，除太學博士，遷祕書省正字，兼國史院編修。

紹聖元（西元一〇九四）年，少游四十六歲，章惇當權，排斥元祐黨人，因此，被貶逐任杭州通判，不久，又被貶逐到處州、郴州、橫州，最後任雷州編管。元符三（西元一一〇〇）年，少游五十二歲，在雷州自作挽詞，自序云：「昔鮑照、陶潛皆自作哀詞，其詞哀；讀余此章，乃知前作之未哀也。」

宋徽宗即位，少游被命復宣德郎，放還。到藤州，因醉臥光華亭，曾在夢中作〈好事近〉，其中有「醉臥古藤陰下，了不知南北。」忽然想要水喝，家人捧上水，少游笑看著水便與世長辭了。

少游詩文兩方面的造詣，都工麗深致，在當時文壇上極有知名度，僅次於蘇東坡、黃山谷；他在詞的成就，使他躋身北宋大詞人行列。著有《淮海詞》，又名《淮海居士長短句》。

少游是蘇門四學士之一，很受東坡的賞識。他的詞風婉約，辭情相稱。小令委婉，有花間、南唐的韻味；慢詞婉麗近似柳永的風格，可是因為其中有爽朗之氣、沉鬱之情，所以不流於柳詞的卑靡，張炎說他：「體製淡雅，氣骨不衰。」（《詞源》）

在政治上，少游屢遭徙放，但內心即使有多大的苦悶，仍然不減尋幽探勝的情趣，形諸詞篇，大多寫「登山臨水棲遲零落之苦悶。」（鄭因百《成府談詞》）他的詞最受人傳誦的，大半是作於被貶逐以後，馮煦曾說：

淮海、小山，古之傷心人也；其淡語皆有味，淺語皆有致。（《宋六十一家詞選·例言》）

言簡意賅地道出少游詞的藝術造詣。在中國歌詞發展史上，他也是小令詞到慢詞的關鍵人物之一，而且是集大成者周邦彥的先路。下面，我們擬錄兩闋慢詞讓大家吟誦，並進一步了解他慢詞的表現。

梅英疏淡，冰澌溶洩，東風暗換年華。
金谷俊游，銅駝巷陌，新晴細履平沙。
長記誤隨車，
正絮翻蝶舞，芳思交加。
柳下桃蹊，亂分春色到人家。

西園夜飲鳴笳，
有華燈礙月，飛蓋妨花。
蘭苑未空，行人漸老，重來是事堪嗟。

煙暝酒旗斜，
但倚樓極目，時見棲鴉。
無奈歸心，暗隨流水到天涯。（〈望海潮〉）

倚危亭，
恨如芳草，萋萋剗ㄔㄢˇ chǎn盡還生。
念柳外青驄別後，水邊紅袂分時，愴然暗驚。

無端天與娉婷，
夜月一簾幽夢，春風十里柔情。
怎奈向，歡娛漸隨流水，素絃聲斷，翠綃香減，
那堪片片飛花弄晚，濛濛殘雨籠晴。
正消凝，黃鸝又啼數聲。（〈八六子〉）

踏莎行　郴州旅舍

【原詞】

霧失樓臺，月迷津渡。
桃源望斷無尋處。
可堪孤館閉春寒，
杜鵑聲裡斜陽暮。

驛寄梅花，魚傳尺素。
砌成此恨無重數。
郴（ㄔㄣ chēn）江幸自繞郴山，
為誰流下瀟湘去？

【語譯】

樓臺迷失在濃密的霧氣裡，水邊渡船的碼頭在月光的灑照下，顯得淒迷極了。再怎麼目極千里，理想中的桃源也看不到。我只能在孤清的客館中，把沁心的春寒閉鎖住，就這樣一直守到黃昏，聽著杜鵑一聲聲「不如歸去，不如歸去」的淒厲叫聲，讓自己在鄉愁裡煎熬著。

那天遠方朋友託驛使為我帶來一枝梅花，與一封書信。如此的慰藉，反而給自己堆積了無限的愁恨。看啊，郴江原是環繞著郴山流的，可是為什麼要流向瀟湘去呢？

【賞析】

這闋〈踏莎行〉原題〈郴州旅舍〉。郴州，即今湖南郴縣。宋哲宗紹聖三（西元一〇九六）年，秦少游四十八歲，以坐謁告寫佛書，貶謫郴州，第二年，他寫下了這闋「悽惋」的千古絕唱。

顯然地，這是寫羈旅情懷的詞篇，它透露了少游登山臨水，棲遲零落的苦悶情緒。上半闋開始三句：

霧失樓臺，月迷津渡。
桃源望斷無尋處。

寫出周遭環境的迷濛，與理想追尋的落空。其中，「霧」、「月」兩意象明示時間，也造成空間的迷幻感，配合「失」、「迷」、「望斷無尋處」等消極性的字眼，充分顯露作者的失意心理。在上述的情景裡，由於外在的渾沌迷茫，影響內在的晦黯迷惘。「桃源」，這一地理意象，意義極為繁雜，有人說，它與郴州相近，詩人就地取材，不必深索附會。也有人因為「桃源」與陶淵明「桃花源」字源上一致，自然而然地聯想到那座理想國，那片淨土，因此，有嚮往追尋的意味。當然更有人以〈桃花源記〉中的武陵（今湖南常德），配合少游貶官南去時北望，離家鄉愈遠，因此「桃源望斷無尋處」，也就有思鄉的意思。不過話說回來，第三句所呈現的，不管是針對上述的哪一種詮釋，其結果終是希望的落空，終是隔絕的羈旅。

四、五兩句：

可堪孤館閉春寒，杜鵑聲裡斜陽暮。

層層轉入，敘述個人隻身在孤寂的客館，淒涼教人忍受不了的情況下，又把料峭春寒閉鎖住，就這樣一直守到黃昏，其淒苦於此可見。然而，這時聽著杜鵑一聲聲「不如歸去！不如歸去！」的淒厲叫聲，劃開寂靜，觸發了鄉愁，使詩人百感交集，淒絕高漲到飽和點。

王國維曾說：

少游詞最淒惋，至「可堪孤館閉春寒，杜鵑聲裡斜陽暮。」則變而淒厲矣。（《人間詞話》）

真是深得三昧之言了。其實，我們若從聲韻的觀點來考察，更可以了解這兩句的「淒厲」之所在。就聲韻而言，凡收音於「烏」（u）、「庵」（an），即「魚、虞、元、寒、删、先」諸韻的字，都是非常沉重哀痛的音響，而「可堪孤館閉春寒，杜鵑聲裡斜陽暮。」兩句，「堪、館、寒、鵑」等字收「庵」音；「孤、杜、暮」等字則收「烏」音，十四字之中有七字出於沉痛的音色，再配合詩人淒絕的情緒，難怪它會如此的「淒厲」了。

下半闋開始三句：

> 驛寄梅花，魚傳尺素。
> 砌成此恨無重數。

前兩句寫遠方朋友帶來的慰藉，「驛寄梅花」、「魚傳尺素」，闊別千里，這些慰藉應該令人興奮的，何況像他那麼孤寂苦悶的情境，尤其需要。可是，面對如此難得的朋友慰藉，他卻說：「砌成此恨無重數」。這未免不合情理了吧。原來，對於這些慰藉，尋常人都只從正面來觀察，沒想到它還存有負面的意義在。當少游收到朋友寄來的「梅花」（除了應景之外，可能也有人格上——不經一番寒澈骨，焉得梅花的撲鼻芳香——的象喻。）與

「鯉書」的時候，感受是極為複雜的，睹「物」思人，倍增鄉愁，而羈旅（他還是被貶謫的呢！）歸不得的悲哀，無形中給自己內心堆積了數不盡離鄉去國的愁恨。

開始我們真的難以想像，朋友的安慰，是少游的傷悲。可是經過上面的分析，或許可以得到進一步的理解。

四、五兩句：

郴江幸自繞郴山，為誰流下瀟湘去？

另闢蹊徑，借景寓情，宕開多向的意義。表面上看來，是說：郴江原是（幸自）環繞著郴山流的，可是為什麼（為誰）要流向瀟湘去呢？但它可能翻出：郴江也耐不住山城的寂寞，流到遠方去了。再深入探索的話，它也可能意味著：自己因為貶謫郴州，得不到自由，不像郴江可以流向瀟湘去，看來，自己都比郴江還不如呢！

有人以為此兩句出自戴叔倫「沅湘日夜東流去，不為愁人住少時。」（〈湘南即事〉）而與劉長卿「孤舟有歸客，早晚過瀟湘。」（〈岳陽館中望洞庭湖〉）意義略似，於是認為此兩句「寫出望遠思鄉的真情」。

我個人覺得上面的解釋都有可能，都可以接受，但是有一層意義絕不能忽略，那就是：自我嘲弄。少游雖然明寫郴江，而正與自己的處境對照，形成顯隱的情境對比。顯的是「郴江幸自繞郴山，為誰流下瀟湘去。」隱的是少游羈旅的事實，如此說來，這種嘲弄（自我揶揄）實在是耐人尋味，也更讓人情不自禁地陷入少游置身的愁城裡。

浣溪沙

【原詞】

漠漠輕寒上小樓，
曉陰無賴似窮秋。
澹煙流水畫屏幽。

自在飛花輕似夢，
無邊絲雨細如愁。
寶簾閒挂小銀鉤。

【語譯】

在寂靜輕寒中，我登上小樓，陰沉沉的清晨，宛如深秋的天氣，教人煩悶不樂。樓中畫屏上延展著淡煙流水的景象，好生幽靜啊！

眺望窗外，落花自由自在，輕飄得如夢一般；無邊無際的春雨，恰似我心中的愁恨，細細地梭織著。門上珠簾輕輕掛在小銀鉤上，這閒靜我獨自細品吶。

【賞析】

這是一闋抒寫閒情與淡淡哀愁的詞。

上半闋開始二句：

漠漠輕寒上小樓，
曉陰無賴似窮秋。

由室內寫起，描述眼前春寒陰霾的天氣。「漠漠」二字形容「輕寒」的寂靜瀰漫。「上」一字，使「輕寒」擬人化，發揮了它的侵略性，從而無聲無息地侵入「小樓」。作者雖不寫人物，但是，對「輕寒」侵略性的感知，卻來自詞中的主角，只不過是若隱若現罷了。

「曉陰」點出陰霾的早晨。「無賴」，本義為「無聊」，然而在這裡是形容「春光」，由於它「乍暖還寒」的變易性，又有「不得人心」的意思。面對這種似深秋般的天氣（其實應該是盎然生機的春天），委實教人手足無措，煩悶不已。接著第三句：

淡煙流水畫屏幽。

由不得人心的天候轉向屏風，正好說明苦悶詩人的心理轉移。望著畫屏上「澹煙流水」的景象，詩人只好作臥遊之想，神遊澹煙流水之上，而自得其樂了。「幽」字形容畫屏風景的幽深之外，也襯托小樓的闃靜，這與前面兩句「灰暗迷離」的色澤相呼應，共同營造「閒情」的情調。

下半闋開始兩句：

自在飛花輕似夢，
無邊絲雨細如愁。

寫樓外景象。多情愛惹閒愁的詩人面對落花自由自在、輕輕飄飄之際，情不自禁聯想到如「春夢」一般的空靈與無痕，飛花惹禍，閒愁暗泛，在感情誤置之下，詩人以景喻情，將內心的閒愁說成「無邊絲雨」。以「無邊絲雨」來形容「閒愁」，正好說明了詩人敏銳的觀察力與豐富的想像力。「細」字是中性詞，它擔當兩項任務，即形容「絲雨」，也描繪「愁」。原來，詩人的「愁」如「絲雨」，漫天漫地，無所不在，也像絲雨一般，無邊無際的梭織著，他逃遁得了嗎？

最後一句：

寶簾閒挂小銀鉤。

折回樓中，掛起簾櫳。「閒」字凸顯樓中人的心態，更呼應整闋詞的脈絡。從這一句可以看出，詩人有意將自己與外在景象——自在飛花，無邊絲雨——隔絕，以消除「閒愁」，可是當他再次面對樓中的孤寂、不得人心的天候時，「閒愁」是否從此消聲匿跡呢？聰明的，請告訴我們。

【附錄】

（一）鵲橋仙

【原詞】

纖雲弄巧，飛星傳恨，

【語譯】

天上纖細的雲彩展示了巧妙的圖樣（好像在表現

銀漢迢迢暗度。
金風玉露一相逢，
便勝卻、人間無數。

柔情似水，佳期如夢，
忍顧鵲橋歸路。
兩情若是久長時，
又豈在、朝朝暮暮？

（二）滿庭芳

【原詞】

山抹微雲，天粘衰草，
畫角聲斷譙（ㄑㄧㄠˊ qiáo）門。

織女的手藝），而牽牛星與織女星流露終年不能會面的憾恨，在黑夜裡，他們將度過遼闊的天河相會。雖然只能在一年一度的七夕相會，卻勝過人間情侶無數次的相聚。

他倆投進愛的天地，分享似水般的柔情。可是時光無情，好夢易醒，離別就在眼前。望著遼闊的天河，怎麼忍心從鵲橋上回去。對了，只要感情真摯，永遠不移，又何必在乎朝暮地廝守呢？

【語譯】

山頭抹上一層淡淡的雲彩，一大片的衰草彷彿黏住了天空。嗚咽的畫角聲逐漸從鼓樓上靜息下暫停征棹，聊共引離尊。
多少蓬萊舊事，
空回首、煙靄紛紛。
斜陽外，寒鴉數點，流水繞孤村。

銷魂，
當此際，香囊暗解，羅帶輕分。
漫贏得青樓、薄倖名存。
此去何時見也？
襟袖上，空染啼痕。
傷情處，高城望斷，燈火已黃昏。

來。暫時把即將遠航的船兒停住，姑且來痛飲一番離別酒。醉意中想起作客蓬萊閣的種種舊事，回首之餘，空惹得如煙似霧的傷感。不知何時殘陽已經西沉，點點寒鴉飛舞著，一道蜿蜒的流水圍繞著一座孤村，默默地流向遠方。

當她把身上的香囊暗中解開，腰間的羅帶輕輕卸下，真有無可言喻的銷魂滋味。這一番感情的恩怨，徒然為自己在青樓中贏得一個薄倖的聲名罷了。如今這一別，什麼時候才能再見呢？只使伊人的襟袖上徒然染遍了斑斑的淚痕。我站在高高的城樓上，極目遠望，內心傷情滾湧，而暮色深沉中，許多人家已經點上朵朵燈火了。

賀鑄（西元一〇五二—一一二五）

身長八尺，頭髮稀少，面色青黑，相貌奇醜，但眉宇間聳拔有英氣，當時人稱為「賀鬼頭」的賀鑄，在北宋詞壇上雖不是一顆耀眼的明星，然而卻也忽略不得。

賀鑄，字方回，原籍山陰（今浙江紹興市），長於衛州（今河南汲縣）。生於宋仁宗皇祐四（西元一〇五二）年，卒於宋徽宗宣和七（西元一一二五）年。早年曾擔任武職，後轉文官，做過泗州、太平州的通判。他娶貴族女為妻，原可顯達，卻由於尚氣使酒而屢屢失意，五十八歲退休，往來蘇、常間，自號慶湖遺老。

年輕時好論天下事，月旦人物毫不避忌，滿心建功報國的賀鑄，到了晚年退隱，竟也斂盡了當年的英銳豪氣。這種人生歷程的轉變可以從他的詞作明顯窺見，〈六州歌頭〉所云的：「少年俠氣，交結五都雄。肝膽洞，毛髮聳。立談中，死生同，一諾千金重。」到末了難免是「恨登山臨水，手寄七絃桐，目送歸鴻。」的蕭索。賀鑄的遺憾是與他的理想長久對峙的，事實上，知識份子一方面醉心閒適，一方面戀眷國事的矛盾，在我們古典的傳統裡是極多的。

除了寫感時傷情的閒愁外，賀鑄有一些作品是超越了個人的感性，而具有比較廣泛的社會意識的，像懷古的〈臺城遊〉，言志的〈六州歌頭〉，還有在唐詩中常見但在宋詞中卻是珍品的思婦詞〈搗練子〉、棄婦詞〈生查子〉。他的詞工麗協律，喜歡化唐人詩句入詞，講求鍊字，風格上比較接近周邦彥。我們下舉一闋〈天香〉為例：

煙絡橫林，山沉遠照，邐迤黃昏鐘鼓。
燭映簾櫳，蛩催機杼，共苦清秋風露。
不眠思婦，
齊應和，幾聲砧（ㄓㄣ zhēn）杵，
驚動天涯倦宦，駸駸（ㄑㄧㄣ qīn）歲華行暮。

當年酒狂自負，

謂東君、以春相付。
流浪征驂北道，客檣南浦，
幽恨無人晤語。
賴明月當知舊遊處，
好伴雲來，還將夢去。

王國維《人間詞話》認為「北宋名家以方回為最次」，恐怕有待商榷吧！

青玉案

【原詞】

凌波不過橫塘路，
但目送、芳塵去。
錦瑟年華誰與度？
月臺花榭，瑣窗朱戶，
惟有春知處。

【語譯】

那位有著凌波美姿的女郎，從來沒有經過我所住的橫塘路。所以她每次出現時，我只能目送伴隨著她的香塵滾滾而去。究竟有誰願意與我共度年輕的韶華呢？她會在哪裡？——月下的樓臺、花氣襲人的庭院、雕花的窗前，或是朱紅大戶的人

飛雲冉冉蘅皋暮，
彩筆新題斷腸句。
試問閒愁都幾許？
一川煙草，滿城風絮，
梅子黃時雨。

家裡？想來只有春天才知道答案吧！

飛雲在昏黃的天空裡舒卷流動，從栽有香草的水澤邊傳來一陣陣的香氣。我忍不住提起彩筆，題下一些令人哀傷的句子。唉，請問閒愁究竟有多少呢？大概就像那沿著河川蔓延無盡的煙草、滿城飄飛的柳絮，以及梅子熟黃時所下的綿綿細雨吧！

【賞析】

這闋詞是作者寓居蘇州時候所寫的，龔明之《中吳紀聞》曾說：「鑄有小築在姑蘇盤門之南十餘里，地名橫塘，方回往來於其間，嘗作〈青玉案〉云。」主題除了「梅雨時幽居生活的惆悵」之外，也可能「抒發內心對理想（美的形象）追尋，可望不可即的悲哀。」這種心理，與《詩經》：

蒹葭蒼蒼，白露為霜。
所謂伊人，在水一方。
溯洄從之，道阻且長。
溯游從之，宛在水中央。（秦風〈蒹葭〉第一章）

大致相同，都在指示美的不易捕捉。誠然，「美」是和諧的，是心靈的認定，而美感經驗是形相的直覺，刻意追求，美感可能消失，所謂「提燈尋影，燈到影滅。」「美」，就是這麼令人無可如何，卻又是多麼迷人。賀方回在這裡表現的，是在美感距離（若即若離）下，對「凌波美人」所流露的一份「癡情」。

上半闋開始兩句：

凌波不過橫塘路，
但目送、芳塵去。

描述詞人心目中的「美人」，以及不即不離的美感態度，到底他是位純情高雅的詞人，他的觀點是「思無邪」，因此，就這麼兩句，便和盤托出詞人的特殊形象。這兩句可能受到曹植〈洛神賦〉：「凌波微步，羅襪生塵。」的影響，但是方回能推陳出新，加入主觀的投入，有聲有色的審美觀，所以能予人耳目一新。

「凌波」，形容女人輕盈的步履，「凌波不過」，即美人不來，總在距離之外。「芳塵」，這裡指凌波美人，但詞人不明說，特別利用伴隨著的香塵以喻美人，韻味更加無窮。原來，她是麗質天生的美人，也就難怪那麼不容易追求得到。

接著：

錦瑟年華誰與度？

是目送凌波美人後，心裡突然泛起的孤寂感，「錦瑟年華」，也就是青春年華。這裡，值得推敲的是，這疑問句是表示對伊人別後生活的關懷，還是針對伊人走後，自我安頓的一份徬徨呢？我們覺得從詞的情節來說，後者的可能性較大，由於自己孤寂難耐，油然反省自己的年華虛度。這種心理在凌波美人走後才顯現出來，因此，詞人喃喃自語問著。

最後三句：

月臺花榭，瑣窗朱戶，
惟有春知處。

環繞在凌波美人的身上，思索別後的生活情況，可見詞人欲罷不能的思念，與說不出的苦衷。「她」會在哪裡？是「月臺花榭」？或是「瑣窗朱戶」？這問題太迷離，對了，大概只有「春」知處。是「春天」將她帶來，又匆匆地將她帶去，留下驚鴻一瞥在詞人的心裡激盪著。把「凌波」美人跟「春天」結合在一起，不僅意味著「美好」，也暗示「短暫」。使整個問題成為既傷春又懷人。讀來讓人感到作者有輕輕的惋歎、淡淡的哀愁。

下半闋開始兩句：

飛雲冉冉蘅皋暮，
彩筆新題斷腸句。

由詞人自身寫起，描述人去樓空的悵恨。「冉冉」，是流動的樣子，「飛雲冉冉」與「暮」配合，既指時辰，也表示時間的流逝。「蘅皋」，是長著香草的水邊，正好貼切美人「凌波」而去的場景，在薄暮時分空闊的水邊，很容易使人觸景傷情，尤其是「伊人」走後，更教他柔腸寸斷。言為心聲，文是心畫，作者在百無聊賴之際，只有以「彩筆」（對美人思念需要以彩筆來表達）來寫他「斷腸」（對美人的癡情）的心聲了。彩筆，本來應寫多采多姿的人生，可是詞人只拿它來寫「斷腸句」，可見他心中所有的是什麼，所想的又是什麼了。然而，這不正也是反襯詞人的真情嗎？

接著：

試問閒愁都幾許？
一川煙草，滿城風絮，
梅子黃時雨。

四句是自問自答，前一句為問話，後三句為回答。「試問閒愁都幾許？」是緣於作者在上述的苦悶無告之下，所擬訂的寬解語，「試問」二字，與李後主〈虞美人〉的「問君能有幾多愁」意義相近，虛設發問對象或問題，說明了詞人本身恍惚迷離的心態。

「閒愁」一語凸顯了這闋詞的主題意識，「多情愛惹閒愁」，原來詞人一路寫來的悲愁苦悶與孤寂感，都是「多情」惹來的。不過這一「閒愁」到底有多少呢？作者沒法明確說出，只有透過譬喻來告訴我們，他的愁是那麼的「多」。

歷來詩人寫愁的時候，經常不直說，他們往往利用譬喻來陳述，箇中滋味就必須由讀者去體會玩味了。像李白就說：

一水牽愁萬里長。（〈橫江詞〉）

白髮三千丈，緣愁似箇長。（〈秋浦歌〉十七首之十五）

與爾同銷萬古愁。（〈將進酒〉）

這些詩句具體而微地指出詩人「抽刀斷水水更流」的悲愁。至於李後主的「恰似一江春水向東流」（〈虞美人〉），秦少游的「無邊絲雨細如愁」（〈浣溪沙〉）與「飛紅萬點愁如海」（〈千秋歲〉）譬喻得極為曲折美妙，但比起方回「一川煙草，滿城風絮，梅子黃時雨」這三句，恐怕後者較為新奇，意味也更為深長。沈際飛《評草堂詩餘》云：

疊寫三句閒愁，真絕唱！

算是點到了，不過，我們願在這裡作進一步的分析。坦白說來，方回這三句所寫的並不怎麼新鮮，都是古典詩詞經常出現的意象，然而，他綜合了舊材料，推陳出新，創造一種嶄新的秩序，這是他過人之處。這三句回答了上面的問話，由近而遠，由小而大，由少而多，層層轉進，愈轉愈奇，把「閒愁」形容得那麼傳神美妙，好像是說你不提則已，要問的話，就讓你剪不斷、理還亂，迸湧到心頭似的。

最後我們願指出，這三句「閒愁」的譬喻，藉著空間的拓展，遞增了「閒愁」的廣度與密度，正說明了詞人在回答「閒愁」有多少時，是在迷離恍惚的心境下，因此，他越想越多，甚至一發不可收拾，只好以「無邊無際」、「漫天彌地」的「梅雨」來作結。面對方回的這樣的「閒愁」，也真令人「黯然神傷」了。詞人把「言外之意」留給讀者，由讀者去想像、去咀嚼，更加可見藝術造詣的高超了。

【附錄】

天香

【原詞】

煙絡橫林，山沉遠照，

【語譯】

煙霧籠罩橫亙的樹林，彩霞向西邊山間沉落，黃灑迤黃昏鐘鼓。燭映簾櫳，蛩催機杼，共苦清秋風露。不眠思婦，齊應和、幾聲砧杵。驚動天涯倦宦，駸駸歲華行暮。

當年酒狂自負，謂東君、以春相付。流淚征驂北道，客檣南浦。幽恨無人晤語，賴明月曾知舊遊處。好伴雲來，還將夢去。

昏時的鐘鼓聲此起彼落。燭光從簾幕透露出來，秋蟲唧唧，好像催人趕快縫製寒衣，大家都擔心深秋的蕭瑟。深閨裡的婦人，心想出征的郎君，睡也睡不著，半夜不斷傳來搗衣的聲音，好生淒涼呀。這情景教我這個浪跡天涯的遊宦，感到驚心不已，時光飛逝，一年容易，眼看將要步入晚年了。

回想當年是那麼地自負，縱酒狂飲，曾要求春神把春天給我。後來，騎著馬，上了征途，浪跡北方，再趕水程，坐船到南方。南北奔馳的辛酸，能向哪個人訴說呢?幸虧明月這位知己還曉得我過去的遊蹤，特別陪伴彩雲到來，而且還將我的美夢送走。

周邦彥

（西元一〇五六—一一二一）

周邦彥，字美成，自號清真居士，錢塘（浙江杭縣）人。生於宋仁宗嘉祐元（西元一〇五六）年。疎雋少檢，不為鄉里所重，然而，他卻博涉百家的經籍。神宗元豐初，美成二十多歲，北遊京師，就讀太學，獻〈汴都賦〉萬餘言，得到皇帝的賞識，擢為太學正。他的仕宦歷經神宗、哲宗、徽宗三朝，擔任過溧水縣令、國子主簿、祕書省正字，並知河中府、隆德府與明州，都不是顯要的職位。而詞譽極高。

宋徽宗時頒布「大晟樂」，召「負一代詞名」的美成提舉大晟府。他精通音律，能自度新聲，曾自名其齋為「顧曲」。因此，在審音訂律、釐訂舊調、增製新聲方面，相當有貢獻。《四庫總目．方千里和清真詞提要》云：

邦彥妙解聲律，為詞家之冠。所製諸調，不獨音之平仄宜遵，即仄字中上去入三音，亦不容相混。所謂分刌節度，深契微芒。故千里和詞，字字奉為標準。

後來出知順昌府，徙處州、睦州，剛好碰上方臘造反，便設法還鄉。宣和三（西元一一二一）年，終於提舉南京鴻慶宮（河南商邱縣），享年六十六歲。他的詞集名《清真集》，又稱《片玉詞》。

美成是集北宋詞大成的作家，在他之前，有柳、蘇雙雄，但柳永詞風詞語塵下、卑弱俚俗，不登大雅之堂；東坡一洗綺羅薌澤，表現橫放傑出的雄姿，可是矯枉過正，不協音律。美成調和柳蘇，去其缺點，取其精華，戛戛獨造，遂為後世典型。陳廷焯說：

詞至美成，乃有大宗；前收蘇、秦之終，後開姜、史之始。自有詞人以來，不得不推為巨擘。後之為詞者，亦難出其範圍。（《白雨齋詞話》）

美成的《片玉詞》無論在形式或內容，的確融和無間，表現高超的詞藝。他寫景，曲盡其妙；抒情，細膩深致，難怪當時「貴人學士，市儈妓女」都為之風靡。例如：

正單衣試酒，悵客裡、光陰虛擲。
願春暫留，春歸如過翼，
一去無跡。
為問家何在，夜來風雨，葬楚宮傾國。
釵鈿墮處遺香澤，
亂點桃蹊，輕翻柳陌。
多情為誰追惜，
但蜂媒蝶使，時叩窗槅。

東園岑寂，
漸蒙籠暗碧。
靜繞珍叢底，成歎息。
長條故惹行客，
似牽衣待話，別情無極。
殘英小、強簪巾幘，

終不似、一朵釵頭顫裊，向人敧側。
漂流處、莫趁潮汐，
恐斷紅、尚有相思字，何由見得。（〈六醜〉）

怨懷無託，
嗟情人斷絕，信音遼邈。
信妙手、能解連環，似風散雨收，霧輕雲薄。
燕子樓空，暗塵鏁（ㄙㄨㄛˇ suǒ）、一床絃索。
想移根換葉，盡是舊時，手種紅藥。

汀洲漸生杜若，
料舟移岸曲，人在天角。
謾記得、當日音書，把閒語閒言，待總燒卻。
水驛春迴，望寄我、江南梅萼。
拚今生，對花對酒，為伊淚落。（〈解連環〉）

從這兩闋詞可以看出，美成的詞：音律工整，詞句典麗（善融化詩句），又善於鋪敘，並且多詠豔情景物。在這裡，我們特別要指出的，是他寫男女之情，雖昵狎溫柔，卻相當含蓄；他「撫寫物態」，能曲盡其妙。《片玉詞》的藝術造詣於此可見一斑。

玉樓春

【原詞】

桃溪不作從容住，
秋藕絕來無續處。
當時相候赤闌橋，
今日獨尋黃葉路。

煙中列岫ㄒㄧㄡˋ xiù 青無數，
雁背夕陽紅欲暮。

【語譯】

暮春時節桃花點點飄向溪流，那行色匆匆的水呵，毫不留情地往前奔去。秋藕斷絕後，是再也無法連續了。想起以前的偶伴，我和她曾經密約在赤闌橋，兩人相候，又溫馨又甜蜜。今天卻只剩下我在落滿黃葉的路上，獨尋往日的行跡。

煙霧中矗列著無數翠綠的山巒，暮色蒼茫裡，一隻大雁背負著殘紅的落日飛過我的眼前。心中戀

人如風後入江雲，
情似雨餘黏地絮！

念不已的伊人，已經像是風後入江的雲朵，流散他方再也不能相聚了，可是我的癡情則似那風雨過後黏泥的柳絮，仍是那般的執著啊！

【賞析】

周美成是北宋詞集大成的作家，他精通音律，能自度曲，又善於融化古人詩句，推陳出新，因此，他的藝術造詣極高，有宋詞巨擘的美譽。他的詞篇內容，主要是寫男女之情，但不墮入猥褻低俗，所以能夠獲得好評。他最擅長寫景和詠物，經過曲折的結構，化矛盾為統一，使詞篇既完整又活潑，像〈玉樓春〉就是最具典型的例證。

一般說來，〈玉樓春〉是一闋寫情的詞篇，可是，由於作者利用對比、譬喻等技巧，造成本詞豐富深邃的主題。上半闋開始兩句：

桃溪不作從容住，
秋藕絕來無續處。

以作者的觀點來透視外在的景物。上句隱含「春光」的流逝，與李後主「流水落花春去也」（〈浪淘沙〉）的情境，大致相同。不過，美成似乎較講究藝術的經營，同樣寫「落花」，後主給人的印象是一般性的意義，而美成卻是具體性的，他明指「桃花」，色澤也極為鮮豔。這句在表面上看，是寫景，其實經由「桃花溪水兩匆匆」的客觀現象，觸引了作者內心的「傷春」情緒，一份無奈盡在言外，當然，若從《幽明錄》的劉晨、阮肇上天臺山的故事來看，則「桃溪」自有「憐惜緣淺」的意思，難怪周濟會說「態濃意遠」（《宋四家詞選》）了。

下句「秋藕」，與「桃溪」約略相對，並明示秋天，以秋對春，也意味著「時間」的流轉。有句俗語「藕斷絲連」，經常被用來作為愛情執著的象徵。在這裡，作者卻一反常情的說藕斷而絲不連，顯然的，一定有他詮釋的經驗背景才對。接著：

當時相候赤欄橋，今日獨尋黃葉路。

兩句，從前兩句衍生而來。「赤欄橋」承「桃溪」，「獨尋」應「秋藕絕來無續處」。在此，我們可以進一步了解，為什麼「桃溪不作從容住」，原來是「相候赤欄橋」，快樂時光易消逝呀！而為什麼「秋藕絕來無續處」，原來是「獨尋黃葉路」呀！由於「相候」的欣喜，使他珍惜光陰，也令他慨歎春光的匆匆。更由於「獨尋」的悽惻，使他認定「秋藕絕來無續處」。一生一代一雙人，卻落得兩地銷魂，而關山阻隔，音信杳然，今天只剩下作者一人踏著黃葉的路上，獨尋往日的行跡。的確，秋藕斷絕之後，是再也無法連續了。誰能讓時光倒退，誰又能讓美夢重現呢？

在這裡我們特別要指出的是，作者利用色澤的對比來暗藏時間與情境的今昔變化，因此詞義的密度極為濃厚。「桃溪」、「赤欄橋」（春天），色澤鮮豔，又是紅色，使當時「相候」的往事既鮮明又歡愉。「秋藕」、「黃葉路」（秋天），色澤淒清，達成多重的對比，從而形成繁富的嘲弄意味。

下半闋開始兩句：

煙中列岫青無數，
雁背夕陽紅欲暮。

是流水句法，都在寫景，色澤的應用與空間的布置，構成如畫的遠景，相當巧妙。不過這片遠景是否只是自然的陳列呢？我看未必。「煙中列岫青無數」所呈現的美感，的確引人入勝。但它也同時呈示遼闊的空間，「關山難越」的隔絕感恐怕會從中泛起。其次，「雁背夕陽紅欲暮」，鏡頭極為淒涼。「夕陽紅欲暮」說明了一天的將盡，絢爛的夕陽說時遲那時快的消逝。然而，妙的是，它是透過「雁背」道出的，如觸電一般震懾作者。「雁」，在作者的了解裡，該是傳遞信息的使者，「雁背」，很清楚地指出，牠不是帶信息來的使者，而是背著作者飛入天一方去的過客。可是，在臨走的時候，卻在牠的「背」上透露「黃昏」這訊息，很像跟作者過意不去似的，留下了無限的淒涼。

最後：

人如風後入江雲，情似雨餘黏地絮。

兩句，應用兩個明喻，曲盡其妙地傳達對方的行蹤，與自己的感受。陳廷焯《白雨齋詞話》云：

美成詞似拙實工者，如〈玉樓春〉結句云：「人如風後入江雲，情似雨餘黏地絮。」上言人不能留，下言情不能已，另作兩譬，別饒姿態。（卷一）

可謂真知灼見。從這兩個譬喻可以看出，美成的藝術造詣是何等的高深。「風後入江雲」譬喻別後的行蹤，不僅貼切，而且更能道出行蹤的游移不定性，與上半闋的「今日獨尋黃葉路」遙相呼應。「雨餘黏地絮」譬喻感情的執著，也極為傳神，這「執著」直貫全詞，使主題意識更為曲折、複雜，並逼出了作者的癡情。本來，「情」是極其抽象的，但作者巧妙地以「雨餘黏地絮」來譬喻，使之具體化、可感性，特別是，這「情」是「癡情」，是「豁出去」的，正如風雨過後黏泥的柳絮，既去不掉也脫不了，稍微觸動，便越陷越深。

從上面的分析可以知道，美成是最了解情感的詞人，在他藝術手法的點化下，這份「情」讀來真是特別有味道。仔細咀嚼，當可體會到其中三昧。

蘭陵王

【原詞】

柳陰直，
煙裡絲絲弄碧。

【語譯】

絲絲低垂的柳條，籠成一片陰綠的煙波。我在楊柳夾岸的隋堤邊，曾見過幾回拂動的水流和輕飄

隋堤上，曾見幾番，
拂水飄綿送行色。
登臨望故國，誰識京華倦客？
長亭路，年去歲來，
應折柔條過千尺。

閒尋舊蹤跡，
又酒趁哀絃，燈照離席。
梨花榆火催寒食，
愁一箭風快，半篙波暖，
回頭迢遞便數驛。
望人在天北。

悽惻，
恨堆積。
漸別浦縈迴，津堠（ㄏㄡˋ hòu）岑寂。

的綿絮，送著依依離去的行人。悄悄登上高樓，遙望故鄉，誰曉得這兒有位厭倦京城繁華的旅客呢？想那舊年去新歲來的長亭路上，為著贈別而折的柳枝，恐怕早已超過千尺長了吧？

閒空時，忍不住去尋覓舊日難忘的行跡。現在又要為別的朋友餞行，儘管耳酣神迷，終究還是要在綵燈高照下黯然離席。白燦的梨花和榆柳的火種，硬是把寒食節給催了來。風兒快得像箭一般，送著船邊暖和的流波，怎不教人愁腸百結？才一回頭已經行過幾個渡頭，我苦苦思念的人兒啊，現在是相隔在遙遠的北方了。

一陣陣悲傷襲上心頭，點點滴滴的憾恨不斷堆積著，我在離別的水畔獨自徘徊，不知過了多久，附近候船的土堡已落入一片沉寂裡。天際的斜斜陽冉冉春無極。
念月榭攜手，露橋聞笛。
沉思前事，似夢裡，淚暗滴。

陽漸漸凋殘了，眼前的春色似乎仍舊無窮無盡。曾幾何時，在同樣的春色裡，我和她在溫柔的月光下攜手漫步，一起立在滿是風露的橋邊靜聆笛音。想著想著，所有的前塵往事，竟像是恍惚迷離的夢境，如真似幻。不知不覺中，淚水又沿著兩頰悄悄滑落下來……

【賞析】

這闋題目為「柳」的〈蘭陵王〉，從北宋以來，家喻戶曉，一直膾炙人口，是周美成代表作之一。據說在南宋紹興年間頗流行，尤其是送別時候，大家都會哼唱它。由於這支曲子共有三次換頭，所以，有人稱它為〈渭城三疊〉。（見毛幵《樵隱筆錄》）

表面上看這闋詞雖以「柳」為題目，但並不是真正的詠物詞，只是藉柳說起而已。因為古人有折柳送別的習慣（例如李商隱〈離亭賦得折楊柳〉：「含煙惹霧每依依，萬縷千條拂落暉。為報行人休盡折，半留相送半迎歸。」），而轉注為送別之作。三疊之中表達了惜別的情緒，與久居京華的厭倦心理。

第一疊藉柳說起，託物興辭，因外在的事物觸發了內在的情愫。開始兩句：

柳陰直，
煙裡絲絲弄碧。

點題並寫柳姿，作者述說陰暗迷離的柳姿，除了點明氣候，也為送別設計某種程度的場景與情調。柳陰綴成直線（當然是因為堤上柳樹行列整齊的關係），這是送別必經的一條路，與別時的黯然銷魂，結合在一起，氣氛製造得極為自然巧妙。其次，「煙裡絲絲弄碧」，固不僅寫景，更暗藏「依依」的情愫，為送別平添許多情調。接著：

隋堤上，曾見幾番，拂水飄綿送行色。

三句，寫觸景傷情，因這次的送別，而聯想過去多次的送別經驗。特別是在這直直柳陰的隋堤上，在柳絲依依，柳絮飛舞（這景象使送別氣氛更為慘烈）的季節裡，但這些不止一次的經驗本來已潛入下意識，都因為這一次悲慘情緒的觸惹而活現於作者的心靈。據此可知，作者內心迸湧的是生別離的悲痛，也是黯然銷魂的神傷。再接著：

登臨望故國，
誰識京華倦客？

兩句，由送別寫到自己，由離愁引發鄉愁。「登臨望故國」，寫作者內心那份「人情同於懷土兮，豈窮達而易心？」（王粲〈登樓賦〉）的根源意識的蠢動。登高可以遠望，遠望可以當歸，可見作者這時的心情是相當苦悶的。客中送客，離愁鄉愁交迸，有誰能夠承受得了呢？所以，他要登臨隋堤望故鄉，希望因此得到慰藉。「誰識京華倦客」，是句充滿矛盾、掙扎的自白。表面上看，它是作者久客汴都的自謂。再往深一層去探討的話，可以發現作者的複雜心理。「京華」、「倦客」，基本上是矛盾的，「京華」這一地理意象具有積極性，是士子追逐名利，實現理想的地方，來者必拚命，全力以赴；然而「倦客」是消極的，他的人生觀與「京華」不僅牴觸，而且大異其趣。作者結合如此矛盾的特質作為一己內心的獨白，顯然地，是經歷種種挫折、困阨，又不得自已等因素所造成的。「誰識」一詞，問人也自問，充滿自我調侃的味道，最能顯映上述的心理。最後：

長亭路，年去歲來，應折柔條過千尺。

三句，襯托作者久客京華，以及「幾番」送行的經驗。「長亭路」是送別的地點，「年去歲來」寫他淹留京華的時間，「應折柔條過千尺」點出他經常客中送客，依依不捨的情況。「應」字是猜度之詞，但也反襯作者無意記省的心理。這位「京華倦客」因外在柳（折柳）、送行，而觸發內在的離愁、鄉愁，落落寫來，有感慨、有辛酸，真耐人吟哦再三。

第二疊敘述客中餞別與愁情。開始三句：

閒尋舊蹤跡，
又酒趁哀絃，燈照離席。

敘述作者閒來剛剛尋訪過那些曾與（離去）朋友共同遊賞的地方，現在又要為別的朋友餞行。這裡反映作者的多情與對離別的重視。「又」字直述當下的燈前餞別（氣氛悽慘），卻也反襯出過去的餞別事件，如此一而再的餞別，形成浪潮般的舊愁新怨，在胸懷澎湃。接著：

梨花榆火催寒食。

一句，點出燈下餞別的時刻，正是梨花盛開，快到寒食節的時候。「寒食節」恐怕也蘊含「每逢佳節倍思親」的意思在。「催」字引起光陰的急迫感，尤其是對京華倦客來說，更能反映其內心的悵惘與無奈。最後：

愁一箭風快，半篙波暖，回頭迢遞便數驛。
望人在天北。

四句，是「代行者設想」（周濟《宋四家詞選》）。「愁」，是預設的愁緒，想像別時光景。他設想，遠行的人愁著順風，船速如箭（「一箭風快」，不僅形容船速，也暗示「離愁」因空間的增拓而急速的增加），回頭一看，就過了幾個驛站，而送行的朋友（作者）卻遠在天北。此種關懷，是設身處地的結果，正是說明了遠行人對送行人的一份相知。其實，「望人在天北」也可說是自身處境的覺識，那麼，上面的情況有可能是送行人的意識流動的結果，他在天北，設想往南方天際消逝的朋友，「換我心，為你心，始知相憶深。」（顧敻〈訴衷情〉）這份情感應由他們之間存有的共識去了解。

第三疊寫送行人的別後情緒。開始兩句：

悽惻，
恨堆積。

敘述送行人的離愁，作者應用急促的聲韻來傳遞高漲的愁緒，極其貼切。同時「恨」的層次化（堆積），正說明了他客中幾番送客的舊愁新怨。接著：

漸別浦縈迴，津堠岑寂。

兩句是描述眼前的景象，而景中有一份哀傷的情緒潛伏著。上句寫船走了，留下岸邊水波漸漸形成漩渦。反襯送行人的依依不捨與無奈；下句寫候船土堡的寂寞，反襯送行人的孤單。這些正是他「悽惻」、「恨堆積」的來源。離別之所以教人黯然銷魂，於此可見。接著：

斜陽冉冉春無極。

一句包含兩層意思，既點出送別後的時間，也指出春色無邊。顯然地，它本身已存著「好景不常」的矛盾。對「黯然銷魂」的送行人來說，更是意興闌珊（他哪有心情去欣賞）。何況，「夕陽」慢慢移動，春光稍縱即逝，真是太捉弄人（他的苦悶已飽滿，這美景應是虛設了）。梁啟超先生說得好：

「斜陽」七字，綺麗中帶悲壯，全首精神振起。（《藝蘅館詞選》）

然而所謂「悲壯」，應該從上述的矛盾與無奈去了解。接著：

念月榭攜手，露橋聞笛。

兩句是回想過去的夜遊。「念」字點出作者在窮極無聊的心情下，所作的轉移，藉此來消除內心的苦悶，可是，他哪裡知道，過去「月榭攜手，露橋聞笛」的愜意，卻反而與現在的孤單淒涼形成強烈的情境對比，因此，他不但不能脫離愁城，反而越陷越深了。最後三句：

沉思前事，似夢裡，淚暗滴。

正是上述矛盾心理的出路。往事如雲煙、似夢幻，再愜意的約會，再美好的生活，都一一地流走了，如今，只有獨自承受淒涼。在越陷越深、越苦越不能自拔的情況下，飽滿的苦悶潰決了，於是任淚水奔迸也不去理會了。

在這裡，淚，是飽和苦悶的化身，也是盪滌苦悶的使者。讀完〈渭城三疊〉，我們發現它步步為營，層層轉入，使人情緒為之黯然，為之苦悶。然而到了「淚暗滴」，在與作者同感傷、共悲苦的時候，我們也深深感覺到，心情開朗了不少，也許，這是悲劇所帶來的「淨化作用」吧！

【附錄】

（一）西河

【原詞】

佳麗地，
南朝盛事誰記？
山圍故國遶清江，
髻鬟對起。
怒濤寂寞打孤城，
風檣遙度天際。

斷崖樹，猶倒倚，
莫愁艇子曾繫。
空遺舊遺跡，
鬱蒼蒼，霧沉半壘。
夜深月過女牆來，

【語譯】

金陵自來是江南最繁鬧的地方，可是南朝宋、齊、梁、陳的歷史有誰能記得呢？金陵地勢險要，四周山勢起伏，又有長江環繞著，對峙的青山，像女人的髻鬟一般的聳起。發怒般的江濤兀自沖激荒涼的金陵城，帆船遠遠地駛向天邊。

斷崖上的樹木仍然倒掛著，儘管曾經繫過莫愁的艇子，現在只留下舊跡，在蒼鬱的迷霧中，剩下半邊城的營壘，供人憑弔。夜深了，曾經映照南朝的明月，依然照著金陵城上小牆，向東遙望秦淮河，冷冷清清，更教人感慨萬千了。

賞心東望淮水。

酒旂（qí）戲鼓甚處市？

想依稀，王謝鄰里。

燕子不知何世，

入尋常巷陌，人家相對，

如說興亡斜陽裡。

（二）滿庭芳　夏日溧水無想山作

【原詞】

風老鶯雛，雨肥梅子，

午陰嘉樹清圓。

地卑山近，衣潤費爐煙。

人靜烏鳶自樂，

這到處充滿酒樓戲館的鬧市，過去是什麼地方呢？想來大概是王謝大家的第宅吧。昔時王謝堂前的燕子不知道人間是何世，如今飛向尋常人家，在斜陽裡相對地鳴叫，好像是在論說南朝興亡的故事呢。

【語譯】

春風過後，幼嫩的鶯兒都長大了；豐沛的及時雨使得梅子長得肥綠綠的。一棵大樹，在午後的烈陽下撐開一地的清蔭。這兒地勢低下，周圍又是一帶雲山。由於正逢黃梅天氣，衣服總是潮潤得

小橋外、新綠濺濺ㄐㄧㄢ jiān。
凭欄久，黃蘆苦竹，擬泛九江船。

年年如社燕，
飄流瀚海，來寄修椽ㄔㄨㄢˊ chuán。
且莫思身外，長近罇前。
顦顇江南倦客，
不堪聽、急管繁絃。
歌筵畔，先安簟ㄉㄧㄢˋ diàn枕，容我醉時眠。

非要拿到爐上去烤不可。人煙寂寂，天空裡的烏鳶看來很自得其樂的樣子。小橋外邊，野草一片新綠，常常可以聽見「濺濺」的水流聲。自個兒憑欄久了，望見長得到處都是的黃蘆、苦竹，心裡真想搭船往九江去。

我每年都像春來秋去的燕子，從遙遠的大漠飄遊而來，寄巢在人家的高簷上，心中有說不出的淒涼。噢，盡掛慮著身外的無窮瑣事，做什麼呢？不妨常常接近酒鄉。對於一名形容憔悴、顏色枯槁的江南倦客來說，那激情澎湃的急管繁絃是怎麼也不忍聽下去的。還是趁早在酒筵歌席的旁邊，先安置好枕席，容我醉入夢鄉時好好安眠吧！

李清照（西元一〇八四—？）

宋朝南渡前後的詞壇上，突然爆起一顆光芒萬丈的明星，其成就不只俯視巾幗，簡直要壓倒鬚眉。她，就是我們文學史上最出色的女詞人李清照。

李清照，自號易安居士，濟南（今山東市名）人，生於宋神宗元豐七（西元一〇八四）年，卒年已無法考知。如果拿我們今天的話來講，那麼，她是集優生之大成。父親李格非官拜禮部員外郎，寫出來的傑作連東坡都稱道。母親是狀元王拱辰的孫女，亦工詞章。清照在十八歲時，與徽宗朝宰相趙挺之的兒子趙明誠結婚，由於兩人志趣相投，婚後非常幸福美滿。

將近二十多年的時光他們過著詩詞唱和、共同研究古代金石字畫的藝術生活。清照這段期間的詞作，多屬閨情，如〈一剪梅〉、〈醉花陰〉、〈鳳凰臺上憶吹簫〉，非常的嫵媚輕倩，即使抒寫離愁，也不作沉痛之語。等到靖康難起（西元一一二六—一一二七），兩人倉皇南渡，明誠不久病亡，所珍藏的金石書畫迭經流徙，也丟得差不多了。這時清照年屆五十，孑然一身，只得赴金華投依弟弟李迒（ㄏㄤˊ háng）。國亡家破的痛苦、身世飄零的悲哀，深深影響了她的思想，造成她後期詞作風格的突變，像〈武陵春〉、〈臨江仙〉、〈如夢令〉、〈聲聲慢〉，充滿蒼涼無常之感，這種愁苦之詞其實也廣泛地反映出南渡人士辭別鄉土、亡國破家的共同哀情，造成她在藝術上不朽的成就。

清照才氣卓越，傾其生命與真性情於詞的創作，她觸感敏銳，重視音律，自出機杼，喜歡白描，善拈眼前事家常語入詞，偶爾用典，卻不泥古，而能風格別具，所以黃山谷說她：「以故為新，以俗為雅。」她有李後主的情真、秦少游的婉約、周邦彥的功力，更有芬馨以外的神駿，試以〈漁家傲〉為例：

天接雲濤連曉霧，
星河欲轉千帆舞，
彷彿夢魂歸帝所。
聞天語，

殷勤問我歸何處？

我報路長嗟日暮，
學詩謾有驚人句，
九萬里風鵬正舉。
風休住，
蓬舟吹取三山去。

讀了這闋詞，我們或許能明白為什麼比她稍後的大詞人辛稼軒，會公開註明「效易安體」的緣由了。

一剪梅

【原詞】

紅藕香殘玉簟秋，

【語譯】

秋天一來，就覺得竹席子有些涼意了；紅色的藕輕解羅裳，獨上蘭舟。
雲中誰寄錦書來？
雁字回時，月滿西樓。
花自飄零水自流，
一種相思，兩處閒愁。
此情無計可消除，
才下眉頭，卻上心頭。

花也已凋殘了香姿。輕輕解開羅裳，獨自步上蘭舟。飄遊的雲兒啊，可曾捎來那人的訊息？但願傳書的雁兒回來時，正是西樓滿月的時分。

落花流水即使有緣湊泊，終了還是各自飄零，各自奔流。同一種別後的相思，卻成了兩地分擔的閒愁。這份情懷想是沒法子消除了，我方覺得眉間稍展，冷不防它又襲上心頭了。

【賞析】

伊世珍《瑯環記》說：「易安結褵未久，明誠即負笈遠遊，易安殊不忍別，覓錦帕書〈一剪梅〉詞以送之。」但明誠與清照新婚後，仍一起住在京都，為太學生，並未負笈遠遊，故《瑯環記》所載略有錯誤。依照《金石錄．後序》，明誠婚後二年，即「出仕官」，也就是因父蔭而為鴻臚少卿。可知這闋詞是明誠出外為官，清照滿心別緒而作。

「紅藕香殘玉簟秋」既寫景致，又表時序。當然復有多關語意，「藕」和「偶」諧音，「紅藕香殘」隱喻兩情原本濃密熾熱，卻因離別而暫告「香殘」，「藕」即使斷了，還是絲又連的。「玉簟秋」呢，不僅由於外在的清秋教人興起涼意，實在也寫最親近的枕邊人走後深閨的冷寂。這種銘心刻骨的相思一向是無所不在的，尤其是觸目所及兩情曾經繾綣的地方。那麼，還是乘一葉蘭舟，聊遣情懷吧！情之為物，本令人無所遁逃於天地之間，是以獨自泛舟時，仍不免癡望雲中的雁列能捎來那人的書信。這樣沉溺在綿想裡，不知過了多久，直到雁兒行蹤邈杳，方才驚覺西樓早已月滿——而月亮呵，總是長向別時圓的。

「花自飄零」喻自己因相思而容光憔悴；「水自流」則臆想對方的薄情。戀愛中的人兒最會折騰自己了，一點小別都要覺得是世界末日，幾天、幾週沒有音訊，很容易就患得患失、疑真疑假、既憂且懼，以為對方不把自己當一回事，可是，偏偏自己又這麼不爭氣的癡念他，愈想愈悶，愈悶愈放不下。再細細重溫相聚的那段時光，他是那麼深情摯意，口口聲聲說會盡早碰面的——唉，剛才實在不能懷疑他，他也是不得已呵。轉念這麼一想，又覺得兩人所承擔的相思其實是同等同量的。

如此這般翻來覆去地作繭自縛，肯定又否定，否定再肯定。最後的結論是：「此情無計可消除，才下眉頭，卻上心頭。」這樣的感受凡是戀愛過的人都普遍嘗受到，但不一定每個人說得出來，清照這樣白描、細膩的傾訴，就是搔著了我們心窩的癢處。范仲淹的

〈御街行〉云：「都來此事，眉尖心上，無計相迴避。」同樣寫相思，同樣求「宛細」之致，但范仲淹的細是男人難得的細，比起李清照的細、的柔，哪個活脫？你說。

武陵春

【原詞】

風住塵香花已盡，
日晚倦梳頭。
物是人非事事休，
欲語淚先流。

聞說雙溪春尚好，
也擬泛輕舟。
只恐雙溪舴艋舟，
載不動、許多愁。

【語譯】

風兒停了，塵土裡泛著落花的香氣，又是春意闌珊了。太陽早已升高，我還是沒有心情去梳頭妝扮。景物依舊，人事卻是改變得教人不可思議，心中的悲愁尚未訴說，就先傷心落淚了。

據說雙溪春光還明媚，情不自禁地也想前往划船遊賞。可是，我擔心雙溪上像舴艋般的小船，載不動我一身的憂愁呢。唉，只好算了，免得觸景傷情，愁上加愁。

【賞析】

曾經滄海難為水。清照四十九歲那年，情投意合的丈夫染病去世，為她留下無比的孤單和淒涼。在金兵南侵的戰亂中，她倉皇奔走於臺州、溫州、越州、杭州之間。五十四歲時她卜居金華，投依弟弟迒。這時的她已飽受人間浩劫的磨練，許多融纏在一起的情愁，更因著晚景的來臨而更加啃蝕她，〈武陵春〉即是在這種情境下創構成的名作。

從頭到尾，景致的描寫都和她內在的觸感一起暖暖匯流。「風住塵香花已盡」，曾幾何時春色已從狼藉歸於黯淡，徒留一地惹人愁惘的塵香——一切美好的都已化入泥塵，人生的亮美暖馨竟已遙遠得難以觸及。遲暮的時分，也只能以回憶來打發了。生活之所以有蓬勃的姿采，是由於內在豐沛的生命力使然，即便是整妝梳髮，最微不足道的生活細節亦是。「日晚倦梳頭」，你可以想像一個人闌珊蕭索到什麼程度！活得虎虎生風的人是一日之計在於晨的，任由它去日晚，當時間完全失去使人驚醒、奮發、新銳的意義時，梳頭與否又有什麼差別？就讓這座生命的沙漏，滴、滴、滴、滴、滴盡它的尾聲吧。

「人面不知何處去，桃花依舊笑春風」，景物容或沒有巨大的變遷，可是，人事卻早已全非，一切的一切在時間與命運的主掌下，由得人爭辯什麼呢！萬事皆休，難休的惟此心此情，忍不住想傾吐，可是怎麼傾訴、又向誰去說呢？那能夠傾訴的人兒早已化入塵土、離我而去——倒是汨汨的淚水又悄悄滑落了。

下闋一開始就把上闋的意境逆轉過來，彷彿意欲重燃生命的火苗：「聞說雙溪春尚好，也擬泛輕舟」，有那麼一點意味，要借助眼前的春天，來重溫自己生命中的暖春，追索昔日甜美的遺夢故影，以減輕無以復加的哀愁。這個念頭令我們讀了，心中不免微微一震——然而，只是輕輕的一搖而已。「聞說」、「也擬」都只是消極性的一種打算，一種猶疑想像。她在其間起伏、思量，一下子想掙出愁悶的牢籠，掬一把歡樂來熨平自己的蒼老哀傷；一下子又怯懦地瞻前顧後，也許尋春泛舟再也尋不回內心的春天了，徒然證實自己是徹底屬於雪冬中的困物吧？生命裡的春天只有一次，那一次早已隨著「他」消失無蹤了……

她終於為自己的頹喪、軟弱找到一個理由，以一個更巨大的愁網，來作為自己永遠投宿的所在。「只恐雙溪舴艋舟，載不動、許多愁」，道出了她再也沒有面臨活生生的現實界的勇氣，她像一隻春蠶，吐絲、作繭，絲盡乃已。

除卻巫山不是雲。女人的生命本質，透過李清照深沉、細膩的刻描，呈現出來的是如絲牽藤纏的情態，哪一個為情所溺的人沒有共鳴呢？

如夢令

【原詞】

昨夜雨疏風驟，
濃睡不消殘酒。
試問捲簾人，
卻道海棠依舊。
知否？知否？
應是綠肥紅瘦。

【語譯】

依稀記得昨夜颳了一陣強勁的風，也飄著疏落的雨。為了排遣內心的孤寂，我獨自借酒消愁。經過一番酣睡，醒來還覺得有點酒意。想起昨夜，連忙問正在捲窗簾的婢女，外面的情景如何？她只回答說：「海棠還是像平常盛開著。」啊！妳可知道嗎？妳可知道嗎？海棠不是依舊，該是綠葉肥大，紅花瘦損了。

【賞析】

這闋詞是典型的傷春之作，出於深閨多情的才女之手，恐怕情致的溫婉與纏綿是男性作家很難措意的。

「昨夜雨疏風驟」一開頭就很細心，既不是「雨橫風狂三月暮」的那種暴烈，也不是單單一句「夜來風雨聲」的粗略，它點出了有一顆心在其中熬煎著寂寞（雨疏）和淒涼（風驟）。這樣的夜晚最適合於濃情蜜意、互相廝守的愛侶了，對於深為情困的人來說，那真是身心無涯的凌遲。它最明顯的症候，莫過於「寤寐思服，輾轉反側」了。於是，孤伶的人兒想起藉酒的力量來引渡愁城，也許，酒入愁腸全都化作了相思淚，她在淚眼婆娑中終於沉沉睡去……夢裡只覺得幻象叢生，等到勉強睜開雙眼，無邊的空虛又像飽漲的潮水一般接踵而至，整個身子鬆垮垮的，像一件下過水的劣質衣服，就這樣攤在分辨不清的時光隧道裡。濃睡，竟然消解不了體內殘留的酒意，張先說「午醉醒來愁未醒」，是的，其實醒不過來的是什麼，誰不曉得呢？

她把視線滑向窗外，隱約望見一夜風雨的痕跡。滿園折騰一夜的花朵不知可無恙？尤其是那一株花意已闌珊的海棠，那一臉曾經閃灼的嬌靨，會不會因此香消玉殞？愛花、惜花的心情常人都有，然而，把自己切切移情於花，復由花光的萎謝聯想到人情物事的變遷變化，那就是人間一股極殷極濃的情思了。也唯有從這種體會出發，我們才能深致懂得黛玉為什麼葬花，也才不會茫然於寶玉為什麼因此而慟倒山坡上了。

幫清照捲簾的女孩兒怎能了解她問花的心緒？所以，只是匆匆一瞥，她就答說：「海棠依舊。」茫茫人海中到底有多少人不認為花開花謝、颳風下雨是極平常的自然律？太多情、太易感的人才會曉得什麼是人類永恆的感傷，所有哲學上、宗教上的安慰和提升，也不過是更反襯出此種超越的努力之不可或缺罷了。

「知否？知否？」重疊得極婉轉，而且問語雙關，可能是清照自問；也可能面對一個少女的純稚與無知忍不住引起的輕責。「綠肥紅瘦」，豈不蘊含著「是處紅衰綠減，苒苒物華休」的傷感情懷嗎？由於風吹，所以花殘；因為雨潤，方才葉綠。——這就是「暮春」活生生的實景。女人，尤其是李清照這樣經風歷雨的女人，對於自己人生「晚春」的觸感，「綠肥紅瘦」恐怕是再慘愴不過的自語了。最後，我們特別錄下她的另一闋〈如夢令〉，好讓大家咀嚼一番。

誰伴明窗獨坐？
我共影兒兩個。
燈盡欲眠時，影也把人拋躲。
無那，無那，好個淒涼的我！

看這闋詞裡的「我共影兒兩個」，想想李白的「對影成三人」，是否有異曲同工之悲涼呢？

聲聲慢

【原詞】

尋尋覓覓，
冷冷清清，悽悽慘慘戚戚。
乍暖還寒時候，最難將息。
三盃兩盞淡酒，
怎敵他、晚來風急？
雁過也，正傷心、
卻是舊時相識。

滿地黃花堆積，
憔悴損、如今有誰堪摘？
守著窗兒，獨自怎生得黑？
梧桐更兼細雨，
到黃昏、點點滴滴。
這次第，怎一個、愁字了得？

【語譯】

到處尋尋覓覓，找到的卻只是一片冷冷清清，似乎什麼往日的痕跡都未曾留下來，我內心不禁湧起一陣陣的悽慘酸楚。又是將暖猶寒的時節，真令人難以靜下心來調息。三杯兩盞的薄酒，怎抵得住傍晚時的急風呢？雁兒飛過了，最惹人傷心的，莫過於原是舊日相識的。

滿地盡是堆積著的黃花，那殘留在枝上的，看來都已瘦損憔悴，如今又有誰忍心去摘它？獨自守著窗兒，怎樣挨到日暮天黑？點點滴滴的細雨，打在梧桐葉上，到黃昏還下個不停。此情此景，光一個「愁」字怎麼訴得盡呢？

【賞析】

一看詞牌的名稱，就知道它是以慢聲婉訴、悠柔不盡為主的慢曲，李清照用它來鋪述秋意兼寫愁懷，是再恰當不過了。這闋作品該是她晚年的力作，一向受到極高的評價，詞本身藉平易的口語，以白描的方式，深刻而精確地傳達了一個失去愛情、晚年落魄淒涼的人的內心苦楚，而且，從這股私情的愴痛裡，復可窺見一個山河破碎、家國苦難的巨大縮影。

第一次讀到「尋尋覓覓，冷冷清清，悽悽慘慘戚戚」一口氣十四個疊字時，的確不免教人愴然心驚！一開始就寫極了空虛、清冷、迷惘、慘澹之情，用字這樣細膩、大膽，似乎全不顧是否能以為繼。接下去看時，我們才曉得那只是綿纏成一團柔絲的頭而已。她就向人生的虛空擲出如此哀愴的一個問號：問人間，情何物？

「二十餘年如一夢，此身雖在堪驚！」（陳與義〈臨江仙〉語）清照早年的生活，據她最具體的描寫之一是：「晚來一陣風兼雨，洗盡炎光……笑語檀郎，今夜紗櫥枕簟涼」〈采桑子〉，好不暖馨，好不舒愜，好不蜜意柔情。而今，同樣的天氣，不同的時空，大難後的心緒，竟是「最難將息」了。

「過眼韶華何處也？蕭蕭又是秋聲。」（王國維〈臨江仙〉）薄酒怎敵得了深秋的晚來風急，偏偏舊識雁陣匆匆掠過，又細細挑起內心最隱痛的那一處。據說雁兒擅傳音書，可是，即便能，卻已「萬千心事難寄」了。清照最愛的人永遠永遠再也聽不見她的心語，知音既亡，言何以為？然而，生命原是如此充滿難堪無奈，人間原也滿布不盡的滄桑惆悵。你還是要走下去，直到句號來到。

「晚來風急」所以「滿地黃花堆積」，寫實景，也述心境。女人的年華本來就如花一樣，何況經了那麼大的風雨——「憔悴損，如今有誰堪摘？」有什麼比女人更懂得女人的心理呢？到這種地步，生命的持續對清照而言是極其難捱了：「守著窗兒，獨自怎生得黑？」她不知道自己還能為生命雀躍些什麼，「黑」字用得奇絕，一張漫天的大網，罩下了永無際涯的絕望、消沉與孤獨。

昏黯的暮色漸近漸濃，似乎什麼都靜止了，人生命內在的律動也已經減輕至最微弱的訊息，只迴應著雨水敲打在梧桐葉上所發出的空洞、悠遠的聲響——滴滴、滴、滴滴……如果清照願意自沉溺的深淵中試著掙騰起來，或許能透悟「悲歡離合總無情」的人生本相，甚至大可以「一任階前點滴到天明」了。問題是，她雖然才情橫溢，卻永遠不能是個哲學家，更何況，她還是一個女人，而大部分的女人終其生都是以愛情為其職事的。——我們又何忍在這點上苛求她？

不喜歡這闋作品的人，說它傖俗。你以為如何呢？

朱敦儒

（大約西元一〇七九—一一六九？）

長命的祕訣是源自「如今但自關門睡，一任梅花作雪飛」的生命態度嗎？

朱敦儒是一位有幸歷遍人間，諳知物外的長壽詞人。他字希真，河南洛陽人。有人逃情，而朱敦儒卻是大半輩子都在逃官，並且不是隱居終南，以退為進的那種逃法。直到宋高宗紹興二（西元一一三二）年，他才應召報國。後來以「專立異論，與李光交通」的罪名被彈劾而罷官辭歸。晚年於秦檜當權時，復出為鴻臚少卿（贊禮官），沒多久就退休了。有人認為這是他政治生命的一個污點。

在他九十多年的生命裡，做官的時期很短，倒是在江湖隱居的歲月居多。由於時代的巨變，使他徹底經歷了看山看水的三個境界。南渡以前的中原依然歌舞昇平，敦儒亦縱情詩酒，閒曠自樂，正印證了他在〈鷓鴣天〉中所云的：

詩萬首，酒千觴，幾曾著眼向侯王？

的生命情姿。等到南渡後的二三十年間，四十多歲的敦儒開始流亡生涯。紹興二年的應召，他原帶著滿腔熱血的，結果是悲憤還歸，此期的作品，像〈水龍吟〉、〈相見歡〉都是最動人的傑作。等到退休後的晚年，他實在已經看透人生萬象的幻化，早已沒有早年的狂放和中年的悲慨，所留下來的惟是大感傷之餘的淡適了，像〈好事近〉、〈念奴嬌〉應是此期的佳構。

他的詞集名《樵歌》，白描是他最大的特色，但是，特色有時候是優點，有時候卻會成為欠缺。過猶不及，這個道理大家都懂得，問題往往在於「適度」的標準不容易訂。試以他的〈西江月〉為例：

日日深杯酒滿，朝朝小圃花開，
自歌自舞自開懷，
且喜無拘無礙。

青史幾番春夢，紅塵多少奇才，
不須計較更安排，
領取而今現在。

你覺得怎樣呢？

好事近 漁父詞

【原詞】

搖首出紅塵，醒醉更無時節。
活計綠蓑青笠，慣披霜衝雪。

【語譯】

我大搖大擺地走出這千丈紅塵（這裡指官場），無拘無束喝我的酒，醉而醒、醒而醉。漁樵生涯是歸宿，我穿著綠蓑衣，戴著青箬笠，習慣霜雪下的奔波。

晚來風定釣絲閒，上下是新月。
千里水天一色，看孤鴻明滅。

夜晚風停時，釣絲悠閒垂下，等待映現在湖底的新月。湖天無邊，遙望去，水連天、天連水，上下天光，一碧萬頃，忽然飄來一點若隱若現的孤鴻影。

【賞析】

誠如朱敦儒在〈念奴嬌〉詞中所寫的：「老來可喜，是歷遍人間，諳知物外，看透虛空，將恨海愁山一時挼碎。」我們應該知道，許多人生境界的平淡恬適，大都非得從恨海愁山裡頭翻滾過來不可。北宋末年的大變亂，與接著而來的南宋偏安局勢，都使他飽嘗身為一名讀書人，卻感到無能為力的最大痛苦。他在南渡初期的作品充滿悲憤之情，像〈相見歡〉：

金陵城上西樓，
倚清秋，

萬里夕陽垂地，大江流。
中原亂，
簪纓散，
幾時收，
試倩悲風吹淚，過揚州。

倒真是有陸游之風了，不過，等到歲月的刻痕細細切割人生的肌理後，朱敦儒寫下了不少大風大浪過後的恬淡作品來，下面我們就來談談他極有名的〈好事近〉。

朱敦儒以〈好事近〉的詞調寫了六首漁父詞，內容都是在吟詠自己飄然不羈的江湖隱居生活。上半闋的「搖首出紅塵」，直截了當地寫出自己無法妥協於紅塵滾滾的官場，他於高宗紹興十九（西元一一四九）年離開朝廷，選擇一種表面上與世事無涉的閒適生涯。這樣的選擇其實是不得不然的，想當年「萬里煙塵，回首中原淚滿巾」的他，是歷經了「問人間，英雄何處？奇謀報國，可憐無用」的深刻體認，而今，這一切都只好付諸無可如何的搖首罷了。「醒醉更無時節」尤其是悲情衷語，除非有大鬱結的人，否則是不會隨時流連於醒與醉的邊緣的。這一句很清楚地引出了他在時不可為的情勢下之生命取向——

「活計綠簑青笠，慣披霜衝雪」，漁樵生涯雖然是飽經憂患後，心靈的一種嚮往，但是，人間的霜雪原是無所不在，官場有官場的苦悶，綠簑青笠何嘗沒有它的愁苦呢？所以，只要活進生命的核心裡去，就得有「慣披霜衝雪」的能耐呵！

下半闋：「晚來風定釣絲閒，上下是新月」，藉著生活表相的描述，烘托出心境的逐漸歸於素靜。晚來的歲月，一切風平浪靜，即使垂釣，也是釣翁之意不在魚了，生活中還有什麼扞格難入的呢？上看下看（不管從那一處角度來觀照），蒼穹裡的新月與湖波迴映出的新月原無二致。——擴大識域來說，歷史上各朝代的興替，豈不也千古一例，始卒若環嗎？看看千里水天一色的自然壯景，想起多如恆河之沙的人類，當他的生命火光閃現於蒼深莽闊的宇宙時，真像遠處飄來的一點孤鴻，剎那的「明滅」到底又印證了些什麼呢？

讀到這闋作品的尾聲時，我們的確很難確指作者的心境是徹底的祥和自化，還是有一種隱隱然的不滿與淡漠。不過，從表面上的結構看，前半言情與後半寫景是呼應得頗為完整的。至於「千里水天一色，看孤鴻明滅」所勾勒出的一幅情景，豈只是意在言外、耐人尋味而已！

【附錄】

鷓鴣天

【原詞】

我是清都山水郎，
天教嬾慢帶疏狂，
曾批給露支風敕，累奏留雲借月章。
詩萬首，酒千觴。
幾曾著眼向侯王？
玉樓金闕慵歸去，且插梅花住洛陽。

【語譯】

我是清都（天帝宮闕）管理山水的職官，天生有嬾慢帶疏狂的性情。只管風露雲月的幻化，人間的塵務一點也不干我的事哪！

詩國任我馳騁，一生中寫下了萬首之多；一醉再醉覺得天遙地久，哪曾正眼瞧過公侯帝王？管它什麼玉樓金闕，什麼富貴長生，才懶得歸去呢！還不如身插梅花，醉留人間洛陽。

陸游

（西元一一二五—一二〇九）

「有了英雄至性，才成就得兒女心腸；有了兒女真情，才做得出英雄事業。」——南宋前期最偉大的愛國詩人陸游，他的一生正是這句話最好的印證。

陸游，字務觀，自號放翁，越州山陰（今浙江紹興市）人。他在人生最要緊的兩件大事——政治與愛情——上面，同樣表現了恆久的執著，令後人永遠為之撼動不已。很多人曉得〈釵頭鳳〉的故事緣起，恐怕沒有多少人知道，陸游對唐氏的戀眷是終其一生的，時間的流逝與空間的轉換，加上人事變幻的滄桑，更凸顯出他那無與倫比的悱惻之情。所謂「時間能沖淡一切」的說法，並不能適用於至情至性的人。

政治方面呢，他更始終堅持抗金的主張，儘管有不計其數的排斥和打擊接踵而至，他還是不停地在收復中原的美夢中企盼著。中年時，在四川擔任要職的范成大，曾請他去做軍防的參議官，這種實際的軍中生活體驗，更堅決了他北伐的壯志，同時豐富了他作品的內涵。可是怯懦主和的朝廷，終於在因循苟且中喪失復國的良機，坐視大勢已去。陸游心中的焦慮、悲憤、痛苦可想而知，想起自己早年「氣吞殘虜」的雄心，卻只能在「胡未滅，鬢先秋」的殘酷現實中凋零，但是，凋零卻不等於死亡。君不聞陸游云：

自許封侯在萬里，有誰知，鬢雖殘，心未死。（〈夜遊宮〉）

畢竟，對個人的生死了不措意，卻對民族的存亡耿耿在心的陸游，永遠沒有盼到王師北定中原的那一天，他死後六十多年，整個南宋就落入蒙古人的手裡了。

對愛情與政治兩相失意的陸游，到了晚年，難免也有表面閒適，內裡其實愀愴不平的作品。於公、於私，他都是那樣的不能忘情。他的詞作沒有詩篇來得多，現在所傳的《放翁詞》（一稱《渭南詞》）大約有一百三十闋。這裡，我們不妨引用一段劉克莊的話，來作為介紹陸游詞風的參考：

放翁長短句，其激昂感慨者，稼軒（辛棄疾）不能過；飄逸高妙者，與陳簡齋（與

義）、朱希真（敦儒）相頡頏；流麗綿密者，欲出晏叔原（幾道）、賀方回（鑄）之上。（《後村大全集．詩話續集》）

訴衷情

【原詞】

當年萬里覓封侯，
匹馬戍梁州。
關河夢斷何處？塵暗舊貂裘。

胡未滅，鬢先秋。
淚空流。
此生難料，心在天山，身老滄洲！

【語譯】

想起年少氣銳的當年，何等醉心於萬里覓封侯，曾經雄心萬丈，單身匹馬遠戍邊疆。如今關山、長河究在何處？舊時的貂裘，來到南方後，再也用不著了，任由它在塵封中暗淡下去。

敵寇尚未滅，國恥猶未雪，而我兩鬢已現秋霜，只得空自流淚！這一生是難以料盡的，有誰能了解我的心恆久地縈繞在天山（邊防區），不爭氣的形體卻不得不老朽在滄洲！

【賞析】

這闋詞一看就知道是陸游晚年的作品，別人填〈訴衷情〉這個詞牌，多半寫的是兒女間的離情別緒，極盡婉約纖秀之能事，而陸游卻拿它來寫家國的大感情、大悲憤，令人為之心撼神奪，難以自已。

陸游正好處於北宋南渡，朝野上下錯把杭州作汴州的偏安時代，知識份子的歷史使命感，加上他天性裡忠國愛民的情愫，使他無法坐視國勢的頹唐與士氣民心的渙散，因此，他不停地大聲疾呼反對議和偷安，言之不足，更繼之以行動——他真真是我們「讀聖賢書，所學何事」的典型。儘管他如何充滿「致君堯舜」的赤忱，如何渴望收復失土，立功異域，一展英雄豪傑的壯志；但是，這個男兒的理想，隨著歲月的流逝、人心世局的醉溺，終於一片片破碎了。理想雖然幻滅，陸游的心卻不肯甘休，他仍是那樣執著於對生民社稷的關懷，有時乾脆表示要「作個閒人樣」，可是，我們知道那只是傷心到極點的喪氣話。「死去元知萬事空，但悲不見九州同。王師北定中原日，家祭無忘告乃翁」，才是他真正的心意，他對國事的魂牽夢縈，似乎是死而不已的。

放翁〈訴衷情〉一詞多處用了情境的對比，倍增其悲愴的力量。我們逐一來細看吧。

「當年萬里覓封侯，匹馬戍梁州」，寫盡「當年」干雲的豪氣，不幸的是自己退敗了，不爭氣的朝廷，一拱手就送掉了半壁錦繡的江山！只落得「如今」的「關河夢斷何處？塵暗舊貂裘。」再怎麼樣的鐵馬金戈，貂裘寶甲，已然雲煙一場。「胡未滅，鬢先秋，淚空流！」如果留得住青春，如果生理的強韌跟英雄的心一般恆久，那麼，還有可能東山再起，重新扭乾轉坤……然而，敵不住的是催人的流光，胡人的氣勢方興未艾，南宋的忠臣猛將，卻一個個老盡少年心，一個個步向人生的盡頭了。陸游的淚早已超越個人的苦難，為時危世亂下的芸芸蒼生而流——這就是真正的英雄淚。望著自己秋霜繁重的兩鬢，想著胡難未靖，人生將殘，而大勢已去，怎能不揮淚痛哭！

老大的悲痛，使他曾經「夜闌臥聽風吹雨，鐵馬冰河入夢來」，更曾「三更撫枕忽大叫，夢中奪得松亭關」。他愈需要夢的慰藉，就愈顯現出他在現實中心靈受創的巨深。此詞最後的一處對比就是「此生誰料，心在天山，身老滄洲」。陸游晚年住在紹興鏡湖邊的三山，故稱「身老滄洲」，但他心裡念念不忘的是奔赴邊境為國效力，明知不可能，卻依然死不了這顆心。不能忘情是陸游最大的悲哀，也是他入世精神最可愛的地方。這種扞格對立，其實根本就是理想與現實的強烈衝突。陸游以「身」、「心」的剖離為喻，再痛切不過了。「心在天山，身老滄洲」比「身在江湖，心懷魏闕」的憂國情操還要直接、沉愴、感人。「此生誰料」總結全詞烈士暮年不為所用，卻仍壯心未已的大遺憾、大悲哀。

放翁而外，又有誰能料得一生的呢？類似這樣的心情，我們又可以從下面幾闋詞去印證：

中原當日三川震，
關輔回頭煨燼，
淚盡兩河征鎮，
日望中興運。

秋風霜滿青青鬢，
老卻新豐英俊。
雲外華山千仞，
依舊無人問！（〈桃園憶故人〉）

採藥歸來，獨尋茅店沽新釀。
暮煙千嶂，
處處聞漁唱。

醉弄扁舟，不怕粘天浪。
江湖上，
這回疏放，
作個閒人樣。（〈點絳脣〉）

釵頭鳳

【原詞】

紅酥手，黃縢酒，
滿城春色宮牆柳。
東風惡，歡情薄。
一懷愁緒，幾年離索。
錯！錯！錯！

【語譯】

記憶裡，那雙紅鮮酥嫩的手，正捧著香馥醉人的黃縢酒。滿城盡是惹眼的春色，依依的柳絲垂懸在圍牆邊，恣意弄人的東風，吹散了兩情的繾綣。令人滿懷愁緒，幾年的別離蕭索更加深我對往事的懊恨，錯啊！錯啊！錯啊！

春如舊，人空瘦，
淚痕紅浥鮫（ㄐㄧㄠ jiāo）綃（ㄒㄧㄠ xiāo）透。
桃花落，閒池閣。
山盟雖在，錦書難託。
莫！莫！莫！

而今，春光爛漫如舊，人卻消瘦許多。淚痕點點滴滴，把鮫綃羅帕都沾溼了。桃花點點飄落，落在園裡幽靜的池閣中。當年的山盟海誓，你一定深記心中，一如我一樣，可是這份深情是再也無法以書信來傳訴了。休了！休了！休了！

【賞析】

儘管一個人一生中可能有不止一次的戀愛，但刻骨銘心的對象應該只有一個，而且是無可替代、雖九死其猶未悔的唯一。愛情無疑占著人生極大的分量，沒有人能夠自欺欺人否定這一點。陸游這首作品，刻述的就是這種天長地久的愛情，以及為愛而受挫的無比哀痛。——最古老的人生主題之一：愛情，同時也是最新鮮、最永恆的人間課題。

陸游與表妹唐琬婚後兩情甚篤，既是愛侶又是知音。可是婆婆非常不喜歡這個媳婦，終於以她作母親的權威逼使兒子離婚。〈孔雀東南飛〉的重演，令陸游內心萬分痛苦，他很難了解母親為什麼容不下他那麼熱愛的妻子，又不忍傷母親的心，只好讓唐琬搬出去住，但是兩人仍舊祕密來往。後來被他母親知道，斷然強迫他們從此斷絕。唐琬不得已，只得從家命改嫁。陸游也另娶了。幾年後，陸游春遊禹跡寺南的沈氏園，不期與唐琬重逢，內心百感交集，就填了〈釵頭鳳〉一詞，題於園壁上，這時他三十一歲。

時空的變遷，人事的幻化，一點也沒有影響到陸游心目中伊人的影像。如今偶然邂逅，眼前浮起的盡是當年兩情繾綣的情景，同樣的春風如酒，卻是何其苦澀。雖咫尺已天涯，伊已是別人的妻了，能夠把這股情愁向她傾訴嗎？再看她清瘦的倩影，可也是多年絕望的相思所煎熬成的嗎？本來是羨煞天下人的神仙眷侶，怎麼會落得勞燕分飛，各奔西東呢？陸游與唐琬定有滿懷不由分說的哀怨，使得歡情薄、桃花落的東風，原是他母親的象徵，可是，作為人子的人如何去抗辯、去爭訴？在那樣的時代裡、在那種的觀念下，除了委諸「造化」不仁，他又能怎樣？

鮫綃相傳是南海地方產的一種生絲，密不透水。這裡說伊人的淚痕把鮫綃的絲帕都沾溼了。那是多深多大的愴痛啊，否則怎能將不透水的東西都溼透呢？面對面時，一往情深的陸游也只能癡望著意中人，把千萬的相思都吞回肚子裡去。其實，他嚥下去的，可是普天下情癡的淚水；他拈筆寫就的，可是普天下難成眷屬的有情人的心聲。「人空瘦」的「空」字寫極了無奈的悲，為伊消得人憔悴，誰不曾有過？可是，陸游忍不住心裡憐惜伊人，希望她好好過活，真想勸她別再為情所苦，為愛而瘦，因為那也是徒然呀！然而，真情的付出永遠是衣帶漸寬終不悔的。

「山盟雖在，錦書難託」，等同山海之恆久不渝的誓言，雖然長在彼此的內心深處，根本無須印證，可是卻再也不能重溫昔日的舊情了，——即使是一張簡箋都會引起無謂的紛擾，更遑論低訴衷曲。這個句子美在、苦在情愛與現實扞格難諧的表達上，最動人心魂處，則在「山盟雖在」的「雖」字。它的文學效果與「人空瘦」的「空」字是一樣的，——由於現實的作用，對一往無悔的深情乃感到徹骨的傷惘，對扳不回的命運又是那麼的難以甘心俯首。

「錯！錯！錯」和「莫！莫！莫」的音樂性極強，含義則不許肯定。錯，是誰錯呢？錯在哪呢？真錯嗎？——問蒼天，情何物。莫，休了，什麼能休，什麼不能休，什麼可以算了，什麼又是永遠不能算了？

納蘭性德〈蝶戀花〉云：「不恨天涯行役苦，只恨西風，吹夢成今古。」放翁地下有知，老淚恐亦縱橫矣！

辛棄疾（西元一一四〇—一二〇七）

辛棄疾，原字坦夫，後來改為幼安，號稼軒，歷城（今山東濟南）人。生於宋高宗紹興十（西元一一四〇）年。他個性豪爽，以氣節自負，以功業自許，有燕趙俠義之風。出生的時候，北方已淪陷金源十多年，目睹國破家亡的處境，幼年便有強烈的報國心願。

紹興三十一（西元一一六一）年，辛棄疾二十二歲，便下定決心南歸。當時中原豪傑蠭起，耿京號稱天平節度使，統率山東、河北的抗金起義軍，棄疾前往當掌書記。第二年，南渡歸宋。歷任江西、福建提點刑獄，湖北、湖南轉運副使，湖北、湖南、江西、福建、浙東安撫使，大理少卿，兵部侍郎。

在政治、軍事上，棄疾是積極份子，也是主戰派的主要人物之一。他雖然提供自己的智計韜略（像〈美芹十論〉、〈九議〉），貫注充沛的熱情和必勝的信念，可是在南宋政局、派系，和他個人地域色彩的關係，朝廷當權者非常疑忌他，因此，落職後長期沒得到任用。他曾感慨地說：「不念英雄江左老，用之可以尊中國。歎詩書萬卷致君人，翻沉陸。」後來漸被重用，但是屢起屢黜，不能展現他的才情與抱負，忠憤鬱勃之氣，經常形之於詞篇。

在落職時，他閒居上饒，營建帶湖新居，有室曰「稼軒」，因以自號。在這裡，他享受庭園山水的樂趣，前後有十一年之久。也就在這期間（四十歲以後），他對自身的生命態度有深入的反省與體會，悟識「古來賢者，進亦樂，退亦樂。」（〈蘭陵王〉賦一丘一壑）的樂趣，終於找到心靈的歸宿，所以，他也認同陶淵明的生命態度說道：「眾鳥欣有託，吾亦愛吾廬。」

宋寧宗開禧三（西元一二〇七）年，棄疾除樞密院都承旨，未受命而卒，年六十八。

從棄疾的生命史，可以看出，他的人生觀非常積極，滿懷忠憤，奮鬥不懈。他熱愛並關心國家和民族的存亡絕續，對南宋腐敗頹廢的政府，諷刺交加，希望能夠振聾發聵，這方面的表現，的確很像先知，但他也就必須承擔先知的寂寞。對苦難的老百姓，他發揮了知識份子的悲憫情懷，反映了大眾的疾苦，代表大眾提出要求與控訴，加上個人遭遇所激起的喜怒哀樂，使得《稼軒詞》六百二十六闋，充滿了生動活潑的人情味與現實性。

在中國詞史上，棄疾是繼東坡以後的豪放派領袖，他開拓了詞的領域，展示多樣風格。在豪放之外，「情致纏綿，詞意婉約」的作品也寫得非常好，真可謂多采多姿了。在形式方面，他經常是詩、詞、散文交融應用，比起東坡的「以詩為詞」更大膽、更徹底。在內容方面，可看出他的大家胸襟，他寫詞，無意不可入，無事不可言，任何題材，經由他的融化再現，不僅活潑有生命，更可以看到作者的人格。

一部《稼軒詞》，是棄疾的全部生命史，有憤慨、有悲哀，更有那麼多的無奈。

他的藝術造詣，是有目共睹的，情深意真，加上圓熟的藝術手法，使他的成就「橫絕六合，掃空萬古。」《四庫提要》評得好：

（棄疾）其詞慷慨縱橫，有不可一世之概。於倚聲家為變調。而異軍特起，能於剪紅刻翠之外，屹然別立一宗，迄今不廢。

青玉案 元夕

【原詞】

東風夜放花千樹，
更吹落、星如雨。
寶馬雕車香滿路，
鳳簫聲動，玉壺光轉，
一夜魚龍舞。

蛾兒雪柳黃金縷，
笑語盈盈暗香去。
眾裡尋他千百度，
驀然回首，那人卻在、
燈火闌珊處。

【語譯】

東風來了，黑夜裡的千樹繁花燦然怒放，更把滿天煙火吹落得像萬點流星雨一般。華麗的馬車飄起陣陣香氣，一路上迤邐而過。鳳簫的聲韻浮盪在喧鬧的人群中，玉壺的光澤到處流轉，整個晚上盡是此起彼落的魚燈、龍燈在飛舞著。

婦女們配戴著眩人心目的蛾兒釵、雪柳和黃金縷，不久，盈盈的美姿和動人的笑語，都逐漸隨著幽香消逝了。我在洶湧的人浪中千回百回的尋找她，猛然回頭一看，原來那人正在燈火幽暗的地方哩！

【賞析】

辛稼軒這闋〈青玉案〉原來題作「元夕」。上半闋以誇張的手法描繪燈月交輝的上元節盛況；下半闋寫觀燈的婦女們，並吐露內心對那位理想情人的愛慕。梁啟超先生認為這闋詞是「自憐幽獨，傷心人別有懷抱。」（梁令嫻《藝蘅館詞選》引語）後來，胡雲翼據以發揮，認為「作者追慕的是一個不同凡俗、自甘寂寞，而又有些遲暮之感的美人，這所反映的正是他自己在政治失意以後，寧願閒居、不肯同流合污的品質。」（《宋詞選註》）這些評論指出了此詞是有寓意的，也即「別有寄託」；我們的看法是，它是一闋意義豐美的情詞。

先談上半闋。開始二句：

東風夜放花千樹，
更吹落、星如雨。

上句寫花燈如銀花千樹，下句寫煙火似萬點流星，將元宵節的景象描繪得極為熱鬧，尤其是詞人的豐富想像力，把「東風」牽扯進來，貫穿兩句，造成似幻似真的世界。「夜放」一語雙關，既映現了元宵節的景致，也鮮活了「花燈」的生意。張鷟《朝野僉載》云：

（唐）睿宗先天二年，正月十五、十六、十七夜，於京師安福門外作燈輪，高二十丈，衣以錦綺，飾以金銀，燃五萬盞燈，簇之如花樹。

宋去唐不遠，風俗因襲，大同小異，可見稼軒「夜放花千樹」絕非杜撰的。「星如雨」一詞的解釋，有人根據吳自牧《夢粱錄．元宵》：「諸營班院於法不得與夜遊，各以竹竿出燈毬於半空，遠睹若飛星。」便以為是「燈火」的比喻。我們把它解釋為「煙火」，一來是應景，所謂元宵節放煙火；再來，「星如雨」是循滿天煙火垂下如雨這一脈絡追蹤的結果。其實，上句寫地面花燈之多，下句寫夜空煙火滿天，更加顯現元宵的熱鬧來。接著：

寶馬雕車香滿路，
鳳簫聲動，玉壺光轉，一夜魚龍舞。

四句，有聲有色的展開元宵佳節的活動。「寶馬雕車香滿路」一句，點出看熱鬧的群眾，人山人海，真是「傾城出寶騎，匝路轉香車。」

「鳳簫聲動」，指美妙的音樂。「鳳簫」，一說「排簫」，以其形狀參差像鳳翼，別名「參差」。又因為它的音色如鳳鳴，所以名為「鳳簫」。「玉壺」一詞，尋常都根據周密《武林舊事．元宵》：「燈之品極多，每以蘇燈為最。圈片大者徑三四尺，皆五色琉璃所成。山水人物，花竹翎毛，種種奇妙，儼然著色便面也。其後福州所進，則純用白玉，晃耀奪目，如清冰玉壺，爽徹心目。」而認為是一種精美的燈。不過，俞平伯《唐宋詞選釋》卻以為是指月而言的，他說：

> 鮑照〈白頭吟〉：「清如玉壺冰。」後來唐宋詩詞中每以「玉壺」、「冰壺」喻月。如唐朱華〈海上生明月〉：「影開金鏡滿，輪抱玉壺清」，和這詞用法相近，指月而言甚顯。

我們的看法是，兩種觀點都可取，但後者描繪燈月交輝，景象更為新奇。而且，還可能牽涉到下面奇妙世界的氣氛。「魚龍」，是花燈的形狀，如金魚、蚌殼、龍燈等，配合上句，頓成奇妙世界：月色如水，各種花燈飛舞，如魚龍鬧海一般，煞是好看。這三句，作者運用「動」、「轉」、「舞」三個動詞，使元宵節目活躍到極點。

下半闋開始兩句：

蛾兒雪柳黃金縷，
笑語盈盈暗香去。

轉筆寫觀賞元宵活動的婦女。不過作者只述婦女所戴的妝飾品：蛾兒、雪柳、黃金柳；以及婦女笑語時含情的態度。對於這位美人——作者理想中的絕對美——如此的描繪，未免讓人覺得泛泛了。作者是否有意製造迷離的氣氛，以顯示他的浪漫情愫，我們難以得知，但是，對於「絕對美」的追求者來說，這種無法言傳的「美的形象」，毋寧是他內心的理想對象，老子云：「天下皆知美之為美，斯惡矣！」恐怕就是這個意思吧。

稼軒在熱鬧場中，羅綺如雲裡邂逅這樣的「美人」，當然內心為之一振，可是「美人」卻消失在一陣幽香中，真令人悵惘。接著：

眾裡尋他千百度，
驀然回首，那人卻在、燈火闌珊處。

三句，描述稼軒對「絕對美」的執著，與追求的決心。固然，「美人」已消失於幽香中，可是稼軒並不悵惘，他更積極的追尋。「眾裡尋他千百度」，可見詞人對理想——絕對美——追尋的艱辛。「驀然回首」，反映詞人經歷千辛萬苦突然獲得的驚喜。「那人」，即「美人」、「絕對美」、「理想」；當然也意味著「適當的距離」（這是「美」存在的先決條件）。「燈火闌珊處」，明點燈火幽暗，也呼應「暗香」，暗示孤寂。這是稼軒心目中的「理想」，「她」不在熱鬧的人群中，而在孤獨的地方。這種經歷是艱辛的，當然感受必定也是複雜的。王國維曾說：

> 古今之成大事業大學問者，必經過三種之境界：「昨夜西風凋碧樹，獨上高樓，望盡天涯路。」此第一境也；「衣帶漸寬終不悔，為伊消得人憔悴。」此第二境也；「眾裡尋他千百度，驀然回首，那人卻在、燈火闌珊處。」此第三境也。此等語皆非大詞人不能道，然遽以此意解釋諸詞，恐晏、歐諸公所不許也。（《人間詞話》）

這是王氏品味詞句，配合個人聯想力所推論出來的新關係。然而，我們以為要不是「詞句」隱含著此一生發的情愫，恐怕王氏也不會有此妙想了。的確，稼軒〈青玉案〉的最後三句意義極為實際，它普遍地道出了任何追求真善美的艱辛經歷，與獲得成功的一份驚喜

〈喜悅中有悲酸〉的心聲。

稼軒向來以豪放著稱，然而，類似〈青玉案〉的溫柔情調，在他的詞集裡卻也隨手可拾，並且篇篇情韻悠揚，耐人尋味，這說明了他英雄氣質的另一面多情性格，只有我們對他如此性格深入了解之後，我們才能進入稼軒詞的感情世界。下面再錄下他的〈摸魚兒〉一詞，以印證上述的看法：

更能消、幾番風雨，匆匆春又歸去。
惜春長怕花開早，何況落紅無數。
春且住，
見說道、天涯芳草無歸路。
怨春不語，
算只有殷勤，畫簷蛛網，盡日惹飛絮。
長門事，準擬佳期又誤。
蛾眉曾有人妒。
千金縱買相如賦，脈脈此情誰訴。

君莫舞，
君不見、玉環飛燕皆塵土。
閒愁最苦，
休去倚危樓，斜陽正在，煙柳斷腸處。

水龍吟　登建康賞心亭

【原詞】

楚天千里清秋，水隨天去秋無際。
遙岑遠目，獻愁供恨，玉簪ㄗㄢ jān螺髻。
落日樓頭，斷鴻聲裡，江南遊子。
把吳鉤看了，闌干拍ㄆㄛˋ pò遍，
無人會，登臨意。

【語譯】

江南千里秋色，江水隨著蒼天奔去，更顯得秋意茫無邊際。遠處的山巒起伏如簪髻，凝目遠眺，空惹得一腔愁緒。樓頭的落日漸漸西斜，耳邊響起聲聲孤鴻的哀鳴，我這江南的遊子呵，一回回把吳鉤刀劍看了，一遍遍把欄杆拍了，卻沒有人領會我登臨的意味。

休說鱸魚堪鱠（ㄎㄨㄞˋ kuài），
盡西風，季鷹歸未？
求田問舍，怕應羞見，劉郎才氣。
可惜流年，憂愁風雨，樹猶如此。
倩何人、喚取紅巾翠袖，搵（ㄨㄣˋ wèn）英雄淚。

還是不要說鱸魚正是時候了，遍地西風，張季鷹又豈能率意回來？像三國時代的許汜，只留心自己的房舍田產，想他也該羞見劉備那不可一世的才氣吧？可惜年華盡在憂愁的風雨中席捲而去，柳樹都已經夠得十人合抱了。請問，有誰能為我喚來紅巾翠袖的美人，輕輕拭乾英雄憂時傷國的淚水。

【賞析】

這闋詞是宋孝宗乾道五（西元一一六九）年，稼軒任建康通判時所作，當時已三十歲。他本來「以氣節自負，以功業自許」，年輕時是著名的抗金鬥士，然而，二十三歲南渡歸宋後，卻一直不受朝廷的重視。他的雄心壯志沒有人了解，內心那份強烈的孤寂感，也只有自己獨嘗了。在如此複雜的心情下，他登上建康賞心亭，不自禁地道出憂時傷國的情懷。其中，有國仇、有憤懣，更有英雄的失落感，這些情愫構成了〈水龍吟〉豐富的主題意識。

上半闋開始兩句：

楚天千里清秋，水隨天去秋無際。

點出江南的遼闊與秋色的無際。這跟祖詠的「楚山不可極，歸路但蕭條。」（〈江南旅情〉）與柳永的「念去去千里煙波，暮靄沉沉楚天闊。」（〈雨霖鈴〉）所寫的景象極為相似，不過，稼軒這兩句給人的感受恐怕還不止這些，怎見得？讓我們仔細推敲推敲。祖詠、柳永兩人所說的只是楚山（楚天）無際罷了，而稼軒除寫楚山（楚天），即「空間」的無窮遼廓（「千里」兩字似乎較為具體、數量感），之外，也在暗示「時間」這一意識（所謂「水隨天去」即是）。因此，這兩句給人「置身在無限時空的流動裡」的感觸，當然很容易引起孤獨、渺小與無助的感覺。加上他連續用了兩次「秋」意象，既明示秋色的無所不在，也暗點稼軒的「心上秋」——悲劇意識。接著：

遙岑遠目，獻愁供恨，玉簪螺髻。

三句，寫遠眺的景象，由於作者情緒投射的結果，使遠處山巒也染上悲愁的色澤。其實「遙岑」之所以「獻愁供恨」，極其可能是「神州沉陸」的感傷情懷導致的。當他在「賞心亭」眺望遠山時，他意識到這些曾是南宋的山巒，現在已經成為金源的國土，真令人觸景傷情呀！特別像他如此雄心壯志的人物看來更是滿目淒然，悲慼之至了。「玉簪」、「螺髻」皆喻山巒，作者為什麼利用女人頭髮的妝飾物與形狀來譬喻山的形象呢？這是值得探索的。我們認為有兩種可能：一是，當前「紅巾翠袖」（即歌女）的形象——特別是頭髮——所觸引而作的聯想；其次是，對神州大地（有母性的象徵）的思戀，而引起的聯想。因為這些山巒都在長江以北（那是他的故鄉、他的母親、他心中的根源），跟下面的「江南遊子」一句相對照，這層意義是很明顯的。再接著：

落日樓頭，斷鴻聲裡，江南遊子。

三句裡的意象極為灰暗，情調更是悲愴，而且層層寫來，淋漓盡致地道出英雄末路的窘態。「落日樓頭」，是視覺意象，與柳永的「殘照當樓」（〈八聲甘州〉）景象相同，不僅明寫淒涼的情境，也暗示「時不我予」的悲慨。「斷鴻聲裡」，是聽覺意象，寫失群孤雁的悲鳴。「斷鴻」一詞，恐怕也有可能是稼軒當下處境（孤寂）的象徵。「江南遊子」寫自己的現況，作者以之作為本人的代稱，可見心裡那份不得已的悲哀。我們想要特地指出的是，當「落日樓頭」（看在眼裡）、「斷鴻聲裡」（聽在耳裡）落實到「江南遊子」（感在心裡）的時候，其愁恨苦悶怕已漲到飽和點了。最後四句：

把吳鉤看了，闌干拍遍，無人會，登臨意。

一氣呵成，寫英雄末路時候所表現的本色與憤懣。「吳鉤」，是指彎形的刀劍。「把吳鉤看了」一句，與「醉裡挑燈看劍」（〈破陣子〉）一樣，同為潛意識的流露，它說明了作者念茲在茲，希望有機會配刀跨馬上戰場立功勞的意願。「闌干拍遍」是慷慨悲切，與報國無門的心理轉向的舉動，這與他的「有時思到難思處，拍碎闌干人不知。」（〈鶴鳴亭絕句四首〉之一）情況同出一轍。當然，這又關係上述飽和的愁悵苦悶情緒。「無人會，登臨意」兩句，刻劃了稼軒的孤獨，在「舉世皆濁」、「眾人皆醉」的塵世，他注定當「陌生人」的角色。有意思的是，這闋詞原題「登建康賞心亭」，可是稼軒所表現的卻迥非「賞心」的情緒，而是「傷心」的情愫了。河山千古，人情短暫，然而，其中那份情感都是作者所挹注上去的，像稼軒在這裡所流露出來的感情樣態，正是最好的例證。

下半闋曲盡其妙地道出，詞人的崇高志向與英雄悲懷。開始三句：

休說鱸魚堪膾，
儘西風、季鷹歸未？

表明自己的意願，不想學張季鷹忘情時事，曠達適意的生命態度。根據《晉書．張翰傳》云：

翰（季鷹）因見秋風起，乃思吳中菰菜、蓴（ㄔㄨㄣˊ chún）羹、鱸魚膾，曰：「人生貴得適志，何能羈官數千里以要名爵乎？」遂命駕而歸。

又按《世說新語．識鑒》云：

張季鷹（翰）辟齊王東曹掾，在洛見秋風起，因思吳中菰菜羹、鱸魚膾，曰：「人生貴得適意爾，何能羈宦數千里以要名爵？」遂命駕便歸。俄而齊王敗，時人皆謂為見機。

稼軒通過張季鷹生命態度的批判，說明了自己與張季鷹在價值、觀念取向的差異。他不會因鄉愁，便藉口「人生貴適意」而棄官回鄉；他雄心壯志，公而忘私，並且絕不迴避任何艱險，積極地擔當人間世的重任。「休說」兩字下得非常肯定，不容妥協；「儘」，即「儘管」的意思，充分表示作者強制自己，不掛搭私慾，一心一意為理想、為大我的襟懷。接著：

求田問舍，怕應羞見，劉郎才氣。

藉許汜求田問舍圖溫飽而見斥於劉備的故事，以表明詞人的堅貞抉擇。根據《三國志・魏書・陳登傳》云：

許汜與劉備共在荊州牧劉表坐。表與備共論天下人。汜曰：「陳元龍湖海之士，豪氣不除。」……備問汜：「君言豪，寧有事耶？」汜曰：「昔遭亂，過下邳，見元龍。元龍無客主之意，久不相與語，自上大床臥，使客臥下床。」備曰：「君有國士之名，今天下大亂，帝王失所，望君憂國忘家，有救世之意；而君求田問舍，言無可采。是元龍所諱也，何緣當與君語？如小人欲臥百尺樓上，臥君於地，何但上下床之間耶！」

稼軒應用這典故，言外之意既準確又深刻。到底，他用世之心十分強烈、積極，因此，國事、家事、天下事，事事關心，這與求田問舍，謀求隱逸生活的生命態度是迥然不同的。此種入世精神與前面對張季鷹出世的批判，意義一致，毋寧是詞人的自剖。尤其以反詰的語氣陳述，更反襯他內心的堅定原則。如此說來，張翰、許汜者流只是「小我」利益的追求者，與以天下為己任，大我的奉獻者相比較，其中的差別，是不可相提並論的。稼軒的抱負，於此可見。再接著：

可惜流年，憂愁風雨，樹猶如此。

三句，脈絡承上而來，卻暗與自己當下的處境對比，而造成情境上的嘲弄。詞人為「年光如流——時不我予」而惋惜，為「風雨飄搖——國家局勢的動盪」而憂愁，當然是針對前面積極用世之心（而不被重視，落得投閒置散），所觸引的情緒反應。

「樹猶如此」一句應當包括「人何以堪？」才能夠充分顯示命題的原意。它引起詞人對自己生理現象作徹底的反省。歲月是無情的，它連樹木（蒼老）都不放過，何況是人

（老邁）呢？自來，英雄最忌老邁，因為那時壯志雄心可能等閒休。夢想的落空，對英雄而言，是最悲慘的打擊，生命的意義也可能為之幻滅。稼軒想到這，情不自禁地任他淚水縱橫。「大丈夫有淚不輕彈」，看來，只是不到時候罷了。稼軒英雄末路的窘境既然到如此地步，除非槁木，否則放聲一慟應是合情合理的心理發展途徑。最後三句：

倩何人、喚取紅巾翠袖，搵英雄淚。

就是在此種心情下的流露，它不僅遙接上半闋「江南遊子」的苦悶寂寞，同時描述高漲情緒的奔迸。然而，他流的「淚」是「拚一襟、寂寞淚彈秋，無人會。」（〈滿江紅〉）的英雄淚。唯有「淚」才能解除他高潮的情緒，也唯有「淚」才能滌蕩他胸中的憤懣。「紅巾翠袖」是妝飾，又是美人的代稱，「倩何人」，意思是沒有人，以呼應前面「無人會」的孤獨處境。如此說來，我們的曠世英雄稼軒真的是孤獨絕緣了。他的才情不被重視，所以，他孤獨；他的苦悶，沒有人理會，所以，他悲憤；他為年華流逝而心慌，為英雄末路而彈淚，可是連一絲（來自美人）的安慰（為他拭乾淚水）也沒有，這是一個怎樣的世界？

然而，我們卻也為稼軒此種表現而喝采、敬佩。喝采的是，在無路可走的時候，還能挺然特立；敬佩的是，在境遇拂逆、苦悶暴漲的時候，還有力量把他擔當起來。

在英雄末路的心聲裡，我們聽出了稼軒的無奈，也覺識了稼軒的不妥協的生命態度，與高貴的英雄氣質。

菩薩蠻　書江西造口壁

【原詞】

鬱孤臺下清江水，
中間多少行人淚。
西北望長安，
可憐無數山。
青山遮不住，
畢竟東流去。
江晚正愁予，
山深聞鷓鴣！

【語譯】

鬱孤臺下面的清江啊，想必滴進不少行人的淚水吧。朝向西北瞭望中原故鄉，可惜視線被重重的山巒擋住。中原啊中原，你幾時才能恢復呢？

青山雖然能遮斷人們瞻望中原故鄉的視線，卻擋不住贛江向東的奔流水。落日樓頭，江上暮靄沉沉，正是愁悶的時候，忽然深山傳來鷓鴣「行不得也哥哥！」的叫聲，聽在心裡，真教人難受喲！

【賞析】

這闋詞是宋孝宗淳熙三（西元一一七六）年寫的，當時稼軒三十七歲，任京西轉運判官。題目「書江西造口壁」（造口在贛州城，是造水入贛江的口子），顧名思義是作者在造口覽跡懷古之作。由於字裡行間時露憤懣悲涼，讀來慷慨激昂，撼人心弦，所以，梁啟超先生說：「〈菩薩蠻〉如此大聲鞺鞳，得未曾有。」（《藝蘅館詞選》）

仔細玩味，我們不難發現其中有壯志未酬的苦悶，也有失職不平的牢騷，當然，更有急切的感傷。上半闋開始兩句：

鬱孤臺下清江水，
中間多少行人淚。

上句寫景，下句抒情。鬱孤臺，在今江西贛州市西南，贛江經過臺下向北流去。根據《贛州府志》云：

望闕臺在文壁山，其山隆阜鬱然孤峙，故舊名鬱孤臺。唐李勉為州刺史，登臺北望，慨然曰：「余雖不及子牟，心在魏闕一也。」乃易匾為望闕。宋紹興十七年，知軍曾慥增刱二臺，南曰鬱孤，北曰望闕。（卷九）

「鬱孤（望闕）臺」的歷史經驗，與稼軒的親身經驗疊合，而形成相當繁富的意義。原來，詞人是壯志雄心，熱中功名的積極鬥士，他一心一意想「在朝為官」，回「臨安」——詞人內心的「長安」以謀發展。可是，事與願違，他經常以朝官外任。這闋詞是他在贛州一年的心情，巴望「臨安」正意味他對內調的強烈渴求。如此說來，「鬱孤臺下清江水」一句雖是寫景，其實是景中有情，強烈地流露「身在江湖，心懸魏闕」這一意識。「清江」，是贛江與袁江合流處。「流水」意象可能也隱含強烈的「時間」——逝者如斯，不舍晝夜——意識，從而造成心理上的焦急，尤其面對「了卻君王天下事，贏得生前身後名」（〈破陣子〉）這一願望，更能看出他在時間意識下所呈現的焦慮。

「中間多少行人淚」，不直說詞人感極彈淚，而泛述臺下江水不知有多少「行人」的淚。這是情緒客觀化，冷靜的表達法，如此，才能讓讀者認同，引起共鳴。其實，「行人」正是稼軒本人，「淚」一字透露他內心高漲的苦悶。他登上「望闕臺」，百感交集，情不自禁地流下「無人會」的英雄淚。接著：

西北望長安，
可憐無數山。

兩句，進一步來描述詞人「雖九死其猶未悔」的「望闕」意識，與實際遭遇上的無奈。「長安」為京城的代稱，也就是「臨安」的借喻。「西北望長安」，從「鬱孤臺」的地理方位來說，「西北」是江流的方向，也是當時「闕下」——臨安的方向。「望」字充分說明了詞人回歸京城的意願，他時時盼望能「在朝為官」，展示懷抱。然而，「可憐無數山」，終於把他的意願遮擋住了。「無數山」，是空間內含，也是「望長安」的視覺障礙；可是，若從稼軒的身世與南宋政局、派系來考察的話，恐怕「無數山」又有「朝士蔽賢」的意味在。證之史實，當時主政的人都是主和派，他們不僅歧視北方來的「歸正人」，同時對志切恢復、凌厲剛猛的人物，像稼軒這類人是有所顧忌的，因此，處處故意為難稼軒。無數這樣的「青山」擋住稼軒，難怪他「望」不到「長安」，「得」不到親炙「皇上」的機會。

下半闋開始兩句：

青山遮不住，
畢竟東流去。

承上而來，表面上看，似乎在寫景，其實又是抒情，所以說景中有情。不過作者似乎有意藉外在「清江水」的「東流」，來和自己處境的滯留對比，形成嘲弄的效果，這時，作者已意識到自己不如「東流水」的悲哀。只是作者是以情境的顯隱對比來表達內心的這份悲涼情懷。「畢竟」兩字說出了「清江水」的無比耐性，「無數山」怎麼擋也擋不住它「東流」的意願，然而，它能，稼軒能嗎？即使努力衝破重重障礙，他能成功到「闕下」嗎？詞人的無奈於此可見。

最後：

江晚正愁予，
山深聞鷓鴣。

兩句，一抒情，一寫景。「江晚」一詞帶有強烈的時間意識，與上半闋的「清江水」相配合，造成詞人內心強烈的焦慮。特別是「晚」一字的意義多重，不僅述說了詞人「日暮途窮」的心理，也可能有「暮靄沉沉楚天闊」的隔絕（孤獨）現境。這也就怪不得他會淚滴江波了。「愁予」補述了上半闋「行人淚」，並確定作者覽跡的悲傷情懷。

「山深聞鷓鴣」是聽覺意象，詞人截情入景，以鷓鴣「行不得也哥哥」的叫聲，來反映自己當前無奈的處境，真是曲盡其妙。同時，它也可能是上句「愁予」的喚醒者。

從這闋〈菩薩蠻〉的分析過程，我們可以知道稼軒寫的不僅是個人身世的感傷，家國興亡的悲哀，更是壯志雄心未酬的苦悶，因此，主題意識極為豐富。並且，此闋詞，句句寫山寫水，卻是句句含情寓意，誠如周濟所說的「借水怨山」（《宋四家詞選》），讀來真是耐人尋味。自南宋以來，這闋〈菩薩蠻〉為什麼一直被捧為辛詞名作之一，其道理可能就在這裡。

永遇樂 京口北固亭懷古

【原詞】

千古江山，
英雄無覓、孫仲謀處。

【語譯】

千古以來江山如舊，可是再也找不出當年孫權的英雄史蹟。多少歌臺舞榭中的風流韻事，都免不

舞榭歌臺，
風流總被、雨打風吹去。
斜陽草樹，尋常巷陌，
人道寄奴曾住。
想當年，金戈鐵馬，
氣吞萬里如虎。

元嘉草草、封狼居胥，
贏得倉皇北顧。
四十三年，
望中猶記、烽火揚州路。
可堪回首，佛狸祠下，
一片神鴉社鼓。
憑誰問，
廉頗老矣，尚能飯否？

了被歲月的風雨吹打淨盡。有人說，那邊斜陽草樹、尋常巷陌的人家，就是寄奴（宋武帝劉裕）曾住過的地方。想當年，他可不是金戈鐵馬，氣吞萬里如虎嗎!?

宋文帝元嘉年間，想要效法霍去病北伐匈奴，在狼居胥勒石記功的盛事，但卻倉促舉事，國力未集，空自落得慌亂地敗歸。如今我南來已經四十三年了，回憶中仍然清楚記得，烽火連天的揚州。教我如何回首？那佛貍祠下，早已一片神鴉社鼓。有誰願意來探問，廉頗先生年紀老大了，飯量是不是依舊呢？

【賞析】

這是一闋詠史兼抒懷的詞，其中史實與個人抱負融匯在一起，而感情基調是慷慨激昂的，所以能撼人心弦。楊慎《詞品》曾說：

辛詞當以京口北固亭懷古〈永遇樂〉為第一。

可見此詞的造詣。〈永遇樂〉寫於宋寧宗開禧元（西元一二〇五）年，稼軒守鎮江（京口）的時候，當年六十六歲。距離高宗紹興三十二（西元一一六二）年，為耿京忠義軍掌書記，奉表歸朝，恰好四十三年。

上半闋詠史，貼切京口北固亭的史跡，劈頭寫孫權，接著談劉裕。開始三句：

千古江山，英雄無覓、孫仲謀處。

立刻把讀者引入時光的隧道去。「江山」的永恆與「人生」的短暫，在此形成顯明的對比，在嘲弄之中又有份極為強烈的「無奈」逼衝出來。稼軒非常欣賞孫權而且常形諸詞篇，像：

天下英雄誰敵手？曹劉。生子當如孫仲謀。（〈南鄉子〉）

這種心理，我們可能認為來自兩種原因，一是孫權的英雄形象，一是地緣的認同。首先，我們都知道，漢獻帝時，天下分裂，局勢混亂，孫權曾西破黃祖、北敗曹操，臨江拒守，功業極為顯赫，使天下成為鼎足的局面。南宋時主戰派的稼軒志在振奮朝廷的威勢，恢復神州失土，此種積極性使他非常心儀孫權，認同孫權的英雄氣概。其次，孫權曾經親自鎮守京口，後來並在這裡建築城市；而現在，稼軒剛好守鎮江，地緣的認同，使他的「懷古」情緒更為深沉、複雜。

當他在北固亭眺望，感觸深深，北固山依舊鬱鬱蒼蒼，長江也依然不盡滾滾來，可是，曾經在這裡鎮守的英雄孫權卻再也找不到了。也許，他內心正想著，我目前正鎮守這裡，可是我是造時勢的英雄嗎？我們說這三句流露出「強烈的無奈」，從這裡應該可以感覺得到。

接著：

舞榭歌臺，風流總被、雨打風吹去。

三句，明示風雨的無情，一切繁華熱鬧，英雄風流餘韻，到頭來都消失在茫茫的時間裡。這與東坡「大江東去，浪淘盡、千古風流人物。」（〈念奴嬌〉）的歷史情懷同出一轍。

很明顯地，這裡的「舞榭歌臺」、「風流」，是承上而來，針對孫權在京口時候寫的。「舞榭歌臺」不僅點出當時京口的繁榮，並且透露當時對歌舞的爭逐。如此，英雄的「風流」餘韻才有著落，風流英雄與美人歌舞，有時候更能反映歷史的真實，與英雄的實在性。從這裡可以看出，稼軒是以冷眼來觀察熱鬧的歷史，因此，重現在他筆底下的歷史風雲，是那麼多采多姿。

然而，這一切卻隨著風吹雨打而消逝了。儘管如此，詞人稱讚孫權卻是他詠史的主要動機，可是，基於他個人的積極性，借詠史以抒懷兼評時事，似乎可能，那麼，詠史的意義，可能指向對南宋政局的譏諷這一現實意義了。

再接著：

斜陽草樹，尋常巷陌，人道寄奴曾住。

三句，轉筆寫劉裕。「斜陽草樹，尋常巷陌」兩句敘述眼前的景象，裡面隱含著淒涼，可以從色澤、氣氛感受到，情調卻與劉禹錫的「朱雀橋邊野草花，烏衣巷口夕陽斜。舊時王謝堂前燕，飛入尋常百姓家。」（〈烏衣巷〉）非常相近。在這樣冷落無奇的地方，卻翻出：「人道寄奴曾住！」就值得玩味了。原來，劉裕小時候也曾在京口放牛、種地，後來在這裡起兵，平定桓玄的叛亂，終於推翻東晉，君臨天下，做了皇帝。昔今對比，透出「滄桑」的歷史感，與「無奈」意緒，此句使上半闋的發展脈絡一致，其作用於此可見。最後：

想當年，金戈鐵馬，氣吞萬里如虎。

三句，對前面的史實作進一步的補充。不過，這些都是在詞人的想像裡重現的事件。「金戈鐵馬，氣吞萬里如虎。」兩句頌揚寄奴（南朝宋武帝劉裕的小字）北伐的功業。劉裕統率壯大的軍隊，馳騁中原萬里，先後消滅南燕和後秦，並光復洛陽、長安等地，氣吞胡虜，威震一時。稼軒心裡對這位英雄人物的佩服，是基於地緣上的認同，與英雄事業，情況一如孫權。無疑的，它也反襯了南宋的無能與自己的冷漠遭遇。（看來他是頗不願意只作看守老營房的地方官，他要的是軍權，這點正可以從昔日的孫、劉二人與今天的他，在處境上對照中看出。）

從上半闋的分析可以知道，稼軒在京口這一歷史舞臺上重現風流人物，不僅是「懷古」，又是慷慨激昂的情緒流露，他的「無奈」來自昔今的對比，當他回溯京口的過去，是風流人物、炳著的功業；現在，面對南宋的苟延殘喘，他不禁要問：孫仲謀能，劉寄奴能，我們為什麼不能？可是要蒼天回答什麼呢？

下半闋，詠史兼抒懷，一副英雄失路，滿腔悲憤的情懷。並且，由於稼軒將歷史與現實結合在一起，錯綜複雜，豐富了詞義。開始三句：

元嘉草草，封狼居胥，贏得倉皇北顧。

落筆寫宋文帝（劉義隆，劉裕的兒子，年號為元嘉）未能繼承劉裕的功業，誅殺忠臣，又聽從王玄謨的計策，毫無準備的情況下就北伐拓跋魏，結果失敗，而後魏的軍隊乘勝長驅直入長江北岸的瓜步山，威懾都城。宋文帝登石頭城，北望敵軍的氣勢，恐懼萬分，後來他曾回憶說：「北顧涕交流。」（《宋書．索虜傳》）可見狼狽與後悔。「封狼居胥」，是指霍去病追擊匈奴至狼居胥，封山而還的功勳，自身的威武，加上充分的準備使霍去病完成了歷史上的壯舉。可是好大喜功的宋文帝劉義隆，沒衡量本身的實力，就鹵莽北伐，以滿足他的夢想——封狼居胥。結果是「贏得倉皇北顧」，這實在是非常大的諷刺（可見主戰派的稼軒在這裡特別慎重從事，強調備而後動）。

歷史畢竟是過去的紀錄，我們重溫歷史，捕捉過去片段，原想把它當作一面鏡子，希望通過對過去興盛衰亡的體認而有所啟迪，以作為今日應變的智慧泉源。「元嘉草草」，已成為歷史，稼軒特別提到這段極為諷刺的事件，就是希望對當時謀國者能有所教訓，不要讓「歷史重演」！沒想到對於野心家像韓侂胄而言，歷史，並沒有多大的意義，他藐視歷史的鏡子作用，不理詞人的嚴重警告，把國家的命運孤注一擲，力主北伐，在用人失當，又措置乖謬的情況下，草草出兵，結果慘敗，引起金兵大舉南侵，而淮西一帶相繼淪陷。

稼軒似先知一般地提出嚴重警告與預言，後來都一一應驗了，他還有什麼話可說呢？寂寞的先知啊，悲哀的稼軒！

接著：

四十三年，望中猶記、烽火揚州路。

三句，是稼軒回憶一段決定性的往事，裡面充滿樂觀的情緒與勝利的愉悅。四十三年前，他「壯歲旌旗擁萬夫，錦襜突騎渡江初。」（〈鷓鴣天〉）豪氣萬丈，自山東率領義兵七八千人，並生擒叛徒張安國渡江南歸，「金將追之不及。」（《宋史》本傳）

「烽火揚州路」，是稼軒登北固亭望揚州的經驗回饋。揚州是他率兵過江的地方，當時金主完顏亮正大舉南侵，隔江對峙，揚州正是烽火一片。「望中猶記」所透露的一份勝利感，與前面的「倉皇北顧」的頹敗相，形成鮮明的對照。其中有稼軒的自信（恢復失土的抱負）與無奈（眼看國勢積弱，空懷報國之志）。下面：

可堪回首，佛貍祠下，一片神鴉社鼓。

三句，是眼前的景觀所觸發的歷史回顧。「可堪回首」，就是不堪回首，什麼讓他如此沉重傷感呢？原來，這時金源雖也漸趨衰亂，而餘威猶在，所以，在佛貍祠下熱熱鬧鬧地響起社鼓，與廟裡吃祭品的烏鴉叫聲響成一片。

「佛貍」，是後魏太武帝的小字，他擊敗王玄謨的軍隊後，乘勝長驅直入長江北岸的瓜步山，並在山上建行宮，也就是後來的佛貍祠。如今，在金源的管轄下，熱鬧地祭祀。稼軒此際目睹現狀，「神州沉陸」（〈水龍吟〉）的憤慨，教他悲切得不堪回首。此種心聲也在他的〈南鄉子〉一詞上半闋展露出來：

何處望神州？
滿眼風光北固樓。
千古興亡多少事，悠悠，
不盡長江滾滾流。（〈登京口北固亭有懷〉）

最後三句：

憑誰問，廉頗老矣，尚能飯否？

直抒胸臆，以廉頗自比。自己雖然老了，但還跟廉頗一樣有雄心壯志，可是有誰來關心我，重視我呢？

當時朝廷兩派對立，爭權奪利，主和者泄沓，主戰者鹵莽，老成謀國的稼軒看在眼裡，痛在心裡。「烈士暮年，壯心未已」的稼軒，雖想「了卻君王天下事，贏得生前身後名。」（〈破陣子〉）可是命運並沒有給他機會，最後，他只好黯然神傷地走下人生舞臺，寂寞地細數往事，慨歎無可奈何的時局了。

【附錄】

（一）南鄉子　登京口北固亭有懷

【原詞】

何處望神州？
滿眼風光北固樓。
千古興亡多少事，悠悠，
不盡長江滾滾流！

年少萬兜鍪（ㄇㄡˊ mó），
坐斷東南戰未休。
天下英雄誰敵手？曹劉，
生子當如孫仲謀！

【語譯】

要向哪兒去望神州故土呢？北固樓上滿眼盡是撩人的風光。千古興亡中究竟有多少人事的變遷？天地悠遠不盡啊，那無窮無盡的長江依舊滾滾向東流！

年少英勇，擁領萬軍的孫權，坐斷東南半壁的河山，使天下群雄爭戰不休。他是號稱「天下英雄」的曹操、劉備實力相當的敵手。難怪連曹操見了，都忍不住歎道：「生兒子就應當像孫權一樣呵！」

（二）鷓鴣天

有客慨然談功名，因追念少年時事，戲作。

【原詞】

壯歲旌旗擁萬夫，
錦襜ㄔㄢ chān 突騎渡江初。
燕兵夜娖ㄔㄨㄛˋ chuò 銀胡䩮ㄌㄨˋ lù，
漢箭朝飛金僕姑。

追往事，歎今吾。
春風不染白髭鬚。
卻將萬字平戎策，
換得東家種樹書。

【語譯】

想起年輕力壯時指揮萬兵，在旌旗蔽天的戰野上馳騁；騎駿馬的騎士們很快地就渡過江水的情景。儘管北方的兵士戒備森嚴，這邊的弓箭還是一大早就飛射過去。

追憶往事，感歎如今的自己。春風呵，再也染不黑花白的髭鬚了。那些經過嘔心泣血寫下的，長達萬字的平敵策略，只換得東邊鄰家送來的種樹法子而已。

（三）醜奴兒

【原詞】

少年不識愁滋味，愛上層樓，
愛上層樓，
為賦新詞強說愁。
而今識盡愁滋味，欲說還休，
欲說還休，
卻道天涼好個秋。

【語譯】

年輕時總是不能了解真正的愁滋味是什麼，常常喜愛登上那層層疊疊的樓閣，為了填吟新詞，勉強歎息：「悲愁啊！」

如今，識盡人間的滄桑後，才真正體會到什麼是愁的滋味了。可是，當一切了然於心，想說又作罷了。大概只有「天涼好個秋」是最真實不過的感受吧！

姜夔（約西元一一五五—一二三五）

一生漂泊江湖，以布衣游於公卿間的姜夔，在南宋詞壇上占有極重要的位子。他重視音律，琢鍊字句，妙用典故，承襲著北宋周邦彥的精神，但是因為受了蘇東坡和辛稼軒的影響，詞風方面並不同於周詞。邦彥琢鍊字句的結果，是使得字句的本身工麗精整，而姜夔卻著意於格調的清空高逸。

姜夔，字堯章，自號白石道人，江西鄱陽人。年幼時跟著父親出外做官，在漢陽住了很久。他在音樂方面造詣頗深，曾經向朝廷進獻〈大樂議〉、〈琴瑟考古圖〉、〈聖宋鐃歌十二章〉等，希望能夠改正國家的樂典，無奈他沒有周邦彥的運氣，不僅沒有出現識千里馬的伯樂，嫉害他才華的人倒是不少，竟以布衣終身。他從二十幾歲就外出遨遊，畢生遍閩湘、鄂、贛、皖、江、浙各地的名山勝水，往來的有當時的名流公卿、雅士騷人，像范成大、辛棄疾、陸游、楊萬里、葉適等都跟他唱和過。這或許是他作品裡頭常有一股清奇之氣的原因吧！

宋金和議後，偏安的南宋似乎又逐漸回復到歌舞繁華的景象，稼軒詞的悲慨之音，再度為雕聲琢律的詞風所取代，具有「南渡一人」美譽的姜夔，就是此期中的翹楚。他沒有功名，過著近乎清苦的生活，但卻是一個極懂得人生藝術的文學家。難免寄情聲色、嘯傲山水的他，少有那種牢不可破的不遇之怨（如柳永），即使有「自作新詞韻最嬌，小紅低唱我吹簫」的風流韻事，但他的用情卻非春蠶作繭式的執泥、自苦。所以，有人批評他「情淺」，當然所謂情淺是得自於他詞境中清空、幽韻、冷香、疎宕的印象。

姜夔的好句子是頗見功力的，幾乎可以信手拈來，像：

嫣然搖動，冷香飛上詩句。（〈念奴嬌〉）

紅衣入槳，青燈搖浪，微涼意思。（〈水龍吟〉）

長記曾攜手處，千樹壓、西湖寒碧。（〈暗香〉）

二十四橋仍在，波心蕩、冷月無聲。（〈揚州慢〉）

這些句子都很經得起再三回味。此外，他還會石刻、書法、作詩，小品文更是了不起（這點從他詞作的小序可以窺知），可以稱得上是一位全才的藝術家。他的詞集名《白石道人歌曲》，簡稱《白石詞》。

揚州慢

淳熙丙申至日，余過維揚。夜雪初霽，薺麥彌望；入其城，則四顧蕭條，寒水自碧，暮色漸起，戍角悲吟。余懷愴然，感慨今昔，因自度此曲。千巖老人以為有〈黍離〉之悲也。

【原詞】

淮左名都，竹西佳處，
解鞍少駐初程。
過春風十里，盡薺（ㄐㄧˋ jì）麥青青。
自胡馬、窺江去後，
廢池喬木，猶厭言兵。
漸黃昏清角，吹寒都在空城。

【語譯】

揚州是淮左的名都，竹西亭是個風景絕佳的勝處，我在這兒解下馬鞍，稍事休息。春風拂過遠近十里地區，全是薺麥青青的良田。自從金人渡江南侵，擄掠一番去後，美麗的池樹臺閣都荒廢了，只留下一些默默無語的大樹，彷彿還厭倦重提著兵火的慽事。漸漸暮色來襲，悲涼的畫角聲，在這座空寒的古城上悠悠迴盪著。

杜郎俊賞，
算而今、重到須驚。
縱豆蔻詞工，青樓夢好，
難賦深情。
二十四橋仍在，
波心蕩、冷月無聲。
念橋邊紅藥，年年知為誰生？

杜牧曾經很愛這個地方，就算今天他能夠重臨故鄉，也一定忍不住心驚。縱然他「豆蔻梢頭二月初」的句子寫得那麼工巧，「贏得青樓薄倖名」也曾是一場好夢，可是他的才華也難以表達我這時悲愴的深情了。倒是二十四橋仍然存在，波光搖蕩中，冷月靜默無聲。忽然想起橋邊燦麗的芍藥花，年年歲歲，究竟為誰而開呢？

【賞析】

根據〈揚州慢〉的小序可以知道，本詞是寫於宋孝宗淳熙三（西元一一七六）年，當時姜白石約二十多歲。然而，其中卻蘊含著強烈的懷古傷今情調、悲慨情懷與民族意識，由此看來，作者並非泛泛的江湖旅人，而是關懷時事的歌者。

南宋自高宗建炎三（西元一一二九）年、紹興三十（西元一一六一）年、三十一年以來，金兵屢次南侵，中原板蕩，揚州城首當其衝，情況更為嚴重，到處蕭條，一片殘破。白石在他的征途中小駐揚州，觸目驚心，想到揚州過去的輝煌，令他無限感傷。當然，他對苦難的百姓感到關懷，對當局的苟延殘喘也表示憤慨。

從詞的結構來看，上半闋寫即臨的景象，透過情境的對比，除了反映揚州的蕭條城容之外，也有股強烈的政治嘲弄意味。下半闋抒情，以人物的對比：承平之世的風流杜牧，與亂世淪落的憂愁姜夔，造成深切的感慨與無奈感。

上半闋開始三句：

淮左名都，竹西佳處，解鞍少駐初程。

敘述揚州的繁華迷人，並點出江湖旅人對她的嚮往。「淮左名都」（按：宋時在淮揚一帶設淮南東路和淮南西路，淮南東路稱淮左），說明了揚州在全國的特殊地位，「竹西佳處」，凸顯了竹西寺在揚州的特殊形象。「解鞍少駐初程」，寫出詞人拜訪名城的意願，在長遠的征途上，他作了短暫的停留，無非想一窺揚州的風采與竹西寺的幽媚。也許，走進歷史，重會過去的輝煌，恐怕才是他所嚮往的。接著：

過春風十里，盡薺麥青青。

兩句，寫揚州當前的淒涼景象，以反襯過去的繁榮。「春風十里」，語出杜牧〈贈別〉詩句：「春風十里揚州路，卷上珠簾總不如。」可是杜牧寫的是揚州的旖旎風光，而白石寫的卻是「城春草木深」（杜甫〈春望〉）的破敗景觀。「十里」、「薺麥」是眼前的揚州景象，詞人有意藉此來跟杜牧詩中的「揚州」對比，以造成無限的感慨。其中，有傷今、有懷古。詞人歎息中原淪落，山河破碎；更藉杜牧詩句，推出那座想像中的揚州繁榮城容。在昔今盛衰的情境裡，透露詞人深切的慨歎。南宋王朝殘喘江左，任人蹂躪是事實，揚州的繁華城容，也因金兵屢次南侵而破壞殆盡，眼前只是一片野生薺麥，這更是事實。千巖老人蕭德藻以為〈揚州慢〉「有〈黍離〉之悲」，正因為他展現了〈黍離〉的主題原型，流露了讀書人對國事的關懷與對百姓的同情。現在讓我們先看看《詩經》的〈黍離〉詩，或許會有助於我們對上述情愫的了解。所以，我們把它錄在這裡：

彼黍離離，彼稷之苗。
行邁靡靡，中心搖搖。
知我者，謂我心憂；不知我者，謂我何求。

悠悠蒼天，此何人哉！

彼黍離離，彼稷之穗。
行邁靡靡，中心如醉。
知我者，謂我心憂；不知我者，謂我何求。
悠悠蒼天，此何人哉！

彼黍離離，彼稷之實。
行邁靡靡，中心如噎。
知我者，謂我心憂；不知我者，謂我何求。
悠悠蒼天，此何人哉！

詩序云：「〈黍離〉，閔宗周（按：即鎬京，幽王亂國，宗周滅。平王東遷，周室衰微）也，周大夫行役，至於宗周，過故宗廟宮室，盡為禾黍。閔周室之顛覆，彷徨不忍去，而作是詩。」換句話說，〈黍離〉的主題意識就是傷亂。透過三章的複沓手法，把作者的悲憫情懷，淋漓盡致地呈現出來。白石這闋詞的感情基調與〈黍離〉一致，充分顯示中國知識份子悲憫情懷的根源，所以，當作者面對揚州「薺麥彌望」、「四顧蕭條」，而「愴然」，任何讀者看來都會感慨萬千的。再接著：

自胡馬、窺江去後，廢池喬木，猶厭言兵。

三句，寫兵燹後的情景。前兩句承上述的破敗景觀，進一步談金兵劫後的慘狀，固然南宋還是存在，可是揚州已面目全非，城容蕭條極了。目前只剩下荒廢的池榭臺閣，默默無語的（雜生）大樹。「猶厭言兵」，寫出劫後餘生的老百姓對兵難的恐懼與厭惡心理。不過作者並沒直說這層意思，他藉著「廢池喬木」的「猶厭言兵」來反襯人們對敵人蹂躪的憎惡感。顯然地，這是擬人化的表現，作者賦予無知無覺的「廢池喬木」以生命和情感，並由它們表示「慘烈戰爭」的觀感。如此說來有知覺、有生命、有情感的人類，勢必要飲恨無窮，悲憤至極了。陳廷焯《白雨齋詞話》云：「『猶厭言兵』四字，包括無限傷亂語，他人累千百言，亦無此韻味。」的確，白石這三句真是曲盡其妙地反映劫後餘生微妙心理。最後：

漸黃昏清角，吹寒都在空城。

兩句再進一層描繪揚州的蕭條狀況。空城清角，反襯出周遭的沉寂，並暗示金兵的威脅未除。本來，揚州是「淮左名都」，並有「竹西佳處」，它是大會，也是歌舞喧囂的城市；如今，卻是一座「空城」，而且黃昏時，「戍角悲吟」，在「空城」迴盪著。「揚州」的昔今對比，不僅釋出了「名都」興盛衰亡的命運，也對南宋作了最深刻的嘲弄。

下半闋，融化杜牧詩意，懷古傷今，開始兩句：

杜郎俊賞，算而今、重到須驚。

轉寫個人對劫後揚州的感受。在傳統文學家之中，與揚州關係最密切的要算杜牧，他曾說：「落魄江湖載酒行，楚腰纖細掌中輕。十年一覺揚州夢，贏得青樓薄倖名。」（〈遣懷〉）但杜牧所看到的揚州是「春風十里揚州路」，是熱鬧繁華的名都。要是讓他現在重遊揚州，目睹這蕭條狀況，他一定會吃驚不已。

白石以杜牧的觀點來暗示自己的類似看法，除了借古道今的意味外，可能想由杜牧的見證，來揭示滄桑之感。不過，我們願意指出，除了上述地緣關係之外，這是作者與杜牧（在生活、際遇與生命態度）的認同所導致的。白石落魄江湖，常以杜牧自比，譬如在

〈鷓鴣天〉，他曾自白：「東風歷歷紅樓下，誰識三生杜牧之。」在這裡，作者有意以人物的對比（牽涉到環境背景），以表示他的深切感慨與無奈。「驚」字一字點出詞人設身處地，推想杜牧的心理，其實也道出了他的心理震撼。接著：

縱豆蔻詞工，青樓夢好，難賦深情。

三句，承上而來，以杜牧的才華「難賦深情」，反襯自己的「沉痛」。「豆蔻」、「青樓」，分別出自杜牧的〈贈別〉與〈遣懷〉兩詩。這裡是用來形容他的詩歌才華與意趣。但作者更進一步地指出以杜牧的詩歌才華與意趣，也不容易寫出他此時悲愴的深情，何況白石自己，怎能傳達於萬一呢？這「深情」當然是白石的親身體驗，極為沉痛，但是他不說出，反而由杜牧的「難賦」反襯，其悲情更加可見。再接著：

二十四橋仍在，波心蕩、冷月無聲。

兩句是寫眼前的景色。「二十四橋」依舊，但人事全非，使詞人不忍卒睹。「蕩」字響亮，聲音生義，不僅點出夜景的「靜中有動」，同時也反映不夜城揚州的當下寂寥荒涼。

「冷月無聲」是劫後揚州的淒涼夜景，補述「空城」的實際現況，也突出了揚州城的蕭條。與過去的揚州城相比，月亮出來（良辰美景）正是舞榭歌臺喧鬧一片的時候，而現在，淒淒清清，真是不堪回首。詞人從「黃昏」到「月出」這段時間，都在覽跡、都在懷古，也都在傷今。當他想像歷史上的繁華揚州城容，禁不住為目前的景象悲歎。而這一悲歎卻透過「無聲」的「冷月」來訴說，可見這「無聲」之言真耐人尋味了。最後：

念橋邊紅藥，年年知為誰生？

兩句，與杜甫〈哀江頭〉：「江頭宮殿鎖千門，細柳新蒲為誰綠？」的沉痛心聲，同出一轍。詞人在高漲的傷亂情緒下，截情入景，可是景中仍然飽含苦悶的情緒。芍藥花雖然年年盛開，可是沒有人來欣賞，這些花兒到底又為誰而生長呢？這一句正好遙接「薺麥青青」，共同強調「黍離之悲」這一情緒。毫無疑問地，也同時刻劃了空城的寂寞與蕭條。

姜白石在宋孝宗淳熙三年冬至日，叩訪揚州城，沒想到劫後的名都，是如此的殘破淒涼，這倒是出乎意料之外，因此，他懷古傷今，表現他的悲憫情懷與民族意識。就這點看來，他的確是位關懷時事的歌者。

點絳脣　丁未冬，過吳松作。

【原詞】

燕雁無心，太湖西畔隨雲去。數峰清苦，商略黃昏雨。

第四橋邊，擬共天隨住。今何許？凭闌懷古，殘柳參差舞。

【語譯】

天邊悠閒得彷彿沒有任何心事的北方雁兒，從太湖西畔，從容地隨著白雲飛去。周圍的群山卻容色清苦，大概商量著要灑下一場黃昏細雨。

真希望能在甘泉橋之旁，和自己心儀的天隨子（陸龜蒙）比鄰而居。如今的情景又如何呢？只能憑倚欄杆，空對著一天漫舞的殘柳，默默懷憶古老的過去罷了。

【賞析】

這是一闋典型的山水詞，篇幅短小，意義卻極為深長，其中，有作者的生命態度，有弔古傷今的情調，張炎說：「姜白石詞如野雲孤飛，去留無跡。」（《詞源》）像這闋〈點絳唇〉就是最好的例證。

本詞是在宋孝宗淳熙十四（西元一一八七）年作者路過吳松（今江蘇吳淞江）時所作，當時約三十多歲。從中國詩史上看，白石是屬於南宋的江湖派詩人。在功名上他算是失敗者，於是遊謁江湖、嘯傲山林，以布衣遊於公卿之間。但他是否從此不關懷時事呢？這恐怕值得探討。從二十多歲寫的〈揚州慢〉，到三十多歲寫的這闋〈點絳唇〉，都在在說明了他「閒雲野鶴」生命態度的另一面，「悲慨情懷」，這一面目的了解非常有助於我們對白石的認識。當然對進入本詞世界，多少也有些啟迪。

上半闋，開始兩句：

燕雁無心，太湖西畔隨雲去。

隨手拈來，寫天上的雲雁，透露自然的情趣。「燕」字有兩解：一指燕子；一指地名，即幽燕之燕，如此說來「燕雁」即自北方南來的雁。牠們都是秋冬出現的鳥禽，所以兩說都可被接受，但，我們以為從第二種說法，解為「雁南飛」，則可能比較貼切，因為下句「雲」字，對它長遠飄浮的屬性而言，似乎只有「雁」才能相配，也因此才能前後呼應並烘托出「自由自在」這一生命態度。

「無心」，指鴻雁飄飄天地間，行其所當行，止其所當止，行止隨機緣，動靜本任意。「太湖西畔隨雲去」，道出「鴻雁」的逍遙適性，「隨雲去」三字點出鴻雁的個性，使「閒雲野鶴」的情調貫注兩句之中。這與陶淵明「雲無心以出岫，鳥倦飛而知還。」（〈歸去來辭〉）的生活情調，極為相似。姜白石遊蕩江湖，浪跡天涯的生命態度不正如目前「隨雲去」的「鴻雁」。所以，這兩句雖寫景，而景中有情思；雖寫鳥，而正關乎自己。不過，這層言外之意很不容易體會得到，因此，經常被讀者放過。接著：

數峰清苦，商略黃昏雨。

兩句轉筆寫地上山巒，而色澤、氣氛上也迥異前兩句。申言之，前兩句明朗，這兩句陰暗；前兩句逍遙，這兩句悲苦。其實，它正是白石矛盾心態的投射。作者借景寓情，來暗示其內心出世、入世的掙扎。因此，這兩句的情調是極為主觀的。就場景而言，它只是作者眼前雨意濃酣，垂垂欲下的江南煙雨風景。但說它們「清苦」，設想它們在「商量、醞釀」，這完全是作者感情誤置的結果，換句話說，他移情將「數峰」擬人化了。

一片風景，一種心情。看來，「清苦」，不止是「數峰」的鬱鬱蒼蒼，「黃昏雨」，也不止是江南風煙，它何嘗不是白石鬱暗心緒的表露？

下半闋，結構上與上半闋相同，不過，作者更深一層地道出他的感傷情懷。開始兩句：

第四橋邊，擬共天隨住。

敘述他所憧憬的隱逸生活。由人物——「第四橋」與「天隨子」——經營出隱逸世界。「第四橋」，在吳江城外。范成大《吳郡志》云：「松江水在水品第六，世傳第四橋下水是也。橋今名甘泉橋，好事者往往以小舟汲之。」（卷二十九）這裡是指隱居的地方。「天隨」，即天隨子。唐陸龜蒙自號天隨子，宅在松江上甫里，時放扁舟，掛篷席，安置束書、茶灶、筆床、釣具。遊於江湖間。白石在他的詩篇裡經常以陸天隨自比，可見他內心對隱逸的嚮往。在這裡，「擬共天隨住」，進一步地道出了他的心願。接著：

今何許？

一句，突如其來的詰問，有人認為是對上述隱逸嚮往所作理性求證。在詰問的同時，他覺識到天隨子早已不在，隱逸的夢想也因此幻滅。但若從脈絡上來看，那麼，此句與下句連接一起，意義可能較為深刻。在面對上述隱逸夢想同時，他突然問自己：「今世何世？」無疑地他也透露了內心的矛盾。最後：

凭闌懷古，殘柳參差舞。

兩句，若就第一種說法，則是神往天隨子的為人，與自我無牽絆的心境反映。可是，若從第二種說法，則為入世關懷時事的心情寫照。陳廷焯《白雨齋詞話》云：「〈點絳脣〉一闋，通首只寫眼前景物，至結處云：『今何許？憑闌懷古，殘柳參差舞。』感時傷事，只用『今何許』三字提唱，『憑闌懷古』下，僅以『殘柳』五字詠歎了之，無窮哀感。都在虛處；令讀者弔古傷今，不能自止，洵推絕調。」（卷二）就是從寓意文學的觀點而作的推測。這使得本詞的意義更為豐富，更為深刻。

「懷古」情懷，當然是在入世態度下，所觸引的遐思，不過，正好反襯南宋國勢阽危，人心惶恐的政治現狀。裡面有情境的暗比，有淡淡的嘲弄意味。「殘柳參差舞」，是導情入景的句式，它敘述了冬天的蕭條景象。「殘柳」的感情基調，與上半闋的「清苦」，正復相同。是白石感情投射的結果。其實，它也可能暗示「時事」的現況，因此，飽含無限的哀感，讀來自有一股淡淡哀愁泛湧心田。

【附錄】

（一）暗香

辛亥之冬，余載雪詣石湖，止既月，授簡索句，且徵新聲，作此兩曲。石湖把玩不已，使工妓隸習之，音節諧婉。乃名之曰：〈暗香〉、〈疏影〉。

【原詞】

舊時月色，
算幾番照我，梅邊吹笛。
喚起玉人，管清寒與攀摘。
何遜而今漸老，都忘卻、春風詞筆。
但怪得、竹外踈花，香冷入瑤席。

江國，正寂寂。
歎寄與路遙，夜雪初積。
翠尊易泣，

【語譯】

月色和往常一樣，算來曾有多少次照著在梅樹下吹笛子的我呢？那位如玉的女郎，曾與我冒著清寒共摘梅花。現在愛梅的何遜已逐漸老去，幾乎忘卻當年賞戀春風的詞筆了。有時候，猛然詫異，竹林外幾株疏落的梅花，竟悄悄把清冷的香氣送入我的座席邊。

想江畔的家鄉此時正一片沉寂，夜雪初積的時刻，不免感歎路遙難寄音書。對著綠酒容易黯然下淚，那無言的紅梅更惹人恆久的憶念。我永遠紅萼無言耿相憶。
長記曾攜手處，千樹壓、西湖寒碧。
又片片、吹盡也，幾時見得？

記得曾經和她攜手同行的地方，西湖孤山的千樹壓滿香雪，映在水裡，有一種奇寒凝碧之感。眼前的梅花又被風片片吹落下來，總有凋盡的時候吧？此情此景，幾時才能再見呢？

（二）疏影

【原詞】

苔枝綴玉，
有翠禽小小，枝上同宿。
客裡相逢，籬角黃昏，
無言自倚修竹。
昭君不慣胡沙遠，
但暗憶、江南江北。
想佩環、月夜歸來，
化作此花幽獨。

【語譯】

長著蘚苔的梅枝上開滿白色的花蕊，就好像綴著點點碎玉，有一雙小小的翠鳥，親愛地同棲在枝椏間。竟然有幸與她（指梅花）在客地相逢，黃昏裡，她倚著籬角的竹叢默默沉思。昭君想是過不慣遠地胡沙的生活，只能暗中懷憶江南江北的秀致風光。假如她魂魄自月下歸來，身上的環佩丁丁作響，一定會化成這些既幽雅又孤獨的梅花。

猶記深宮舊事，
那人正睡裡，飛近蛾綠。
莫似春風，不管盈盈，
早與安排金屋。
還教一片隨波去，
又卻怨、玉龍哀曲。
等恁時、重覓幽香，
已入小窗橫幅。

還記得那個深宮裡的韻事，南朝宋武帝的公主正在睡夢中，梅花輕輕飄上她的額頭，女郎們都爭相模仿哩！別像那無情的東風，不管佳人滿懷情意，可要早早安排金屋來迎娶啊。要是讓一切隨波流去，恐怕又得回頭吹奏那哀怨的〈玉龍曲〉。到那時，即使想再重覓梅花的幽香，怕早已飄入小窗的橫幅裡了。

史達祖（約西元一一六〇—一二二〇）

史達祖，字邦卿，號梅溪，汴京（今河南開封市）人。年輕時曾經考進士不第，後來依附當時權相韓侂冑，成為他的親信，主掌文書，頗有權勢。等到韓侂冑垮臺，史受牽連被處黥刑，最後死於貧困中。

儘管史達祖的人格有缺陷，但無可否認的，他的詞作的確也有獨到之處。某些詞話家把他與姜夔、吳文英並稱，更有比之於周邦彥的。他擅長寫詠物之詞，好用典故，這點與白石很相似。常以白描手法極寫細節處，很是尖新、巧麗。至於缺點方面，也許力求盡態極妍的結果，反而削弱了意境與氣骨的呈現，帶有一種不太自然的富貴氣息。

他的詞集名《梅溪詞》。人品勝過他多多的姜夔，倒是頗能稱賞史達祖的作品，曾在

《梅溪詞》的序裡說：

其詞奇秀清逸，有李長吉之韻。蓋能融情景於一家，會句意於兩得。

在這裡，似乎又帶給我們一個「不以人廢言」的啟示。

雙雙燕 詠燕

【原詞】

過春社了，度簾幙中間，
去年塵冷。
差池欲住，試入舊巢相並。
還相雕梁藻井，
又軟語、商量不定。
飄然快拂花梢，

【語譯】

過了春社的節氣，燕子們從簾幕間飛進飛出，去年築過巢的地方，滿布灰塵怪冷清的。有一些羽毛還很參差不齊，也試著想要一起進入舊巢。牠們好像在細細觀察，那雕花的屋梁，和畫有水藻花紋的天花板是否如故，不斷呢喃地商量著。不一會兒，又輕快地拂過花枝的頂端，翠麗的尾巴翠尾分開紅影。
芳徑，
芹泥雨潤。
愛貼地爭飛，競誇輕俊。
紅樓歸晚，看足柳昏花暝。
應自棲香正穩，
便忘了、天涯芳信。
愁損翠黛雙蛾，
日日畫闌獨凭。

好似將紅色的花影給剪開了。
順著長滿芳草的小徑望過去，水邊的芹草被雨水潤得潮潮泥泥的。那燕兒喜愛貼地爭飛，相互誇示自己多麼輕俏俊美。等牠們回到紅樓裡的窠巢，時間已經很晚了，大概也看足了昏黃暮色裡的綠柳紅花吧？想牠們正在香巢中睡得很酣甜，就忘了給閨中人傳達天涯捎來的訊息。而那位因為憂傷過度，愁損眉目的伊人呵，還是每天孤獨憑欄遠眺著。

【賞析】

這是一闋詠物詞，對象是春燕，作者採取客觀的敘述觀點，寫來形神俱妙，穎奇非常。黃昇云：「形容盡矣。」（《花庵詞選》）王士禎亦云：「僕每談史邦卿〈詠燕〉詞，以為詠物至此，人巧極天工錯矣。」（《花草蒙拾》）可見本詞的造詣。

就詞的結構看，上半闋寫燕子來臨，大地春回；下半闋寫燕子輕巧飛舞，逍遙自在，而觸惹高樓女子的孤獨寂寞。

上半闋開始三句：

過春社了，度簾幙中間，去年塵冷。

寫大地春回，燕子從南方飛來，穿過重重簾幕，尋找舊巢，由於去年築過巢的地方滿布灰塵，冷冷清清的。「春社」為祈穀之祭，節日選在立春後、清明前。「春社過了」，點了時間，並暗合燕子在春社時來臨的自然規律。「度簾幙中間」，寫燕子重尋舊巢的苦心。（這種念舊意識，可能是觸惹下半闋高樓女子寂寞孤獨的因素之一。）「去年塵冷」，反映了別後窠巢給牠的一份冷漠感。也可能暗示昔今人事的滄桑：去年的溫暖，現在的冷漠。

接著：

差池欲住，試入舊巢相並。

兩句，寫雙燕飛入（塵冷的）舊巢時「要不要住」的抉擇心理，「試」字，反映燕子怯生生的模樣，極為傳神。「舊巢相並」，點出這對燕子相扶持，追求幸福的努力。再接著：

還相雕梁藻井，
又軟語、商量不定。

兩句，承上而來，進一步刻劃這對燕子端詳周遭環境，尋求穩定的神情。「相」是細看的樣子，表現了雙燕在梁上小心翼翼，探頭觀察的模樣。「雕梁藻井」指華屋的內部裝飾，不僅呼應前面「度簾幙中間」一句，同時也說明了燕子喜住華屋的習性。「軟語」是溫柔交談，這裡是形容雙燕的呢喃聲，淋漓盡致地道出這對燕子幸福快樂的處境。「商量不定」，除了表示牠們的親密細語之外，也描述牠們對窠巢的多方考慮。這種心理從「試」、「還」、「又」，一層一層寫來，充分顯示這對燕子創造幸福，維護幸福所付出的努力，要不是作者的觀察入微，怎能有如此細致傳神的描寫呢。

最後兩句：

飄然快拂花梢，翠尾分開紅影。

敘述這對燕子在舊巢安定下來後，自由自在地快拂林梢、穿梭花叢的愜意神態。「飄然快拂花梢」，寫飛翔的快速與得意；「翠尾分開紅影」，寫得意中的俏皮，牠宛如一把綠色剪刀，將紅色的花影給剪開了。這點自然景觀，寫得太細膩，也太有趣了，真教人歎為觀止。

下半闋牽涉燕子與人的關係，情況複雜，意義曲折，然而表現得自自然然，十分耐人尋味。

開始四句：

芳徑，
芹泥雨潤，
愛貼地爭飛，競誇輕俊。

前兩句寫燕子銜泥，與杜甫〈徐步〉一詩的「芹泥隨燕嘴」，情況相似。「芳徑」，既寫外在景象也隱含春光。「芹泥雨潤」，從嗅覺與視覺寫春天景象，特別從燕子的觀點來寫，為燕子銜泥提供場景；同時反襯春雨綿綿的江南景致。「愛貼地爭飛」，有兩種說法：一為「天陰欲雨，燕子貼地而飛。」（這可從俗諺：「燕子擦地飛，出門帶雨衣。」去印證。）一為「承上句『芹泥雨潤』而來，寫雨後長香芹的泥土都鬆軟了，燕子便忙著銜泥築新巢。」「競誇輕俊」，把燕子活潑輕巧的身手和盤托出。燕子的飛翔，不管銜泥，或者嬉戲，都是那麼輕盈，眼看牠舉翼高飛，又忽地平翼滑翔，切過地面，又出人意外地竄升，真是神乎其技了。作者輕輕點染，可是，言有盡而意無窮，我們不難從想像去捕捉上述的言外之意。

接著：

紅樓歸晚，
看足柳昏花暝。
應自棲香正穩，
便忘了、天涯芳信。

四句，一氣呵成，極盡巧思。前兩句點出燕子的得意。「歸晚」與「看足」是互為因果的詞句，換句話說，燕子的晚歸，是因為想把美妙的春光瞧個夠。「柳昏花暝」，是寫黃昏時分的景色。冠上「看足」兩字，強調了燕子將歸未歸，樂而忘返的高漲情趣。要不是天

「晚」了，恐怕牠是不會有歸巢的念頭的。

後面兩句，溜入敘述者的猜測（敢情燕子在香巢睡得很甜，就忘了給閨中人傳遞遠方的訊息？），不過，它是暗合「燕子為思婦傳書」的故事原型（見《開元天寶遺事》）。當詞人目睹燕子燕爾、溫馨的情境，不知不覺地想到這上面去，這是極自然的聯想。其實，這兩句正反映了燕子出則雙飛，入則共憩的融洽情況。

最後：

愁損翠黛雙蛾，日日畫闌獨凭。

兩句寫美人獨憑畫欄念遠的愁苦之情，與前面燕子雙飛雙宿的景象，造成強烈的對比。這情景與馮延巳的「淚眼倚樓頻獨語，雙燕來時，陌上相逢否？」（〈蝶戀花〉）同出一轍。

當這位美人面對此種情境時，她不僅「愁損翠黛雙蛾」，而且有連燕子都不如的慨歎。可是，她不會就比罷休，她要等待，「日日」兩字刻劃出她的迷惘與執著。

從脈絡上看，最後兩句，是循「應自棲香正穩，便忘了、天涯芳信。」的故事原型而來，但，由「燕子」而涉及「美人」心事，巧妙的結合，使主題意識由「詠物」轉入「抒情」，因此，讀來便有情韻無限的感覺，這未始不是神來之筆。胡雲翼在他的《宋詞選》

說：

徐了描寫技巧以外，也就沒有別的什麼可以稱道的了。看起來辭藻太華麗，韻味發洩無餘，格調不高。

這種見木不見林的看法，未免褊狹了些。詠物詞難寫，這是公認的，史達祖的〈詠燕〉能有如此的成就，我們應當給予客觀的評價，如此，才不失評論者的學術誠意。

吳文英（宋理宗淳祐年間）

一輩子沒有做過什麼官，卻也算不上隱士的吳文英，字君特，號夢窗，晚年又號覺翁，四明（今浙江鄞縣）人。有關他的生平資料非常有限，只知在宋理宗紹定年間，曾入蘇州倉幕；後來受丞相吳潛賞識，與史宅之、賈似道這些當時的權貴有過往來，但實際的生活似乎並不如意。

歷來詞評家對吳文英的作品也是褒貶參半。如果我們撇開主觀的優劣論不談，而著眼於他詞作的特色來看的話，那麼至少有兩點是極突出的：一個是他常以時空錯綜的手法組織成篇，另一個是他揉合高度想像於現實的措辭，往往超越理性習知的範疇。這種表現手法顯然也形成他注重協律鍊字、典雅、委婉、含蓄的奇麗風貌，而能於工麗的周邦彥與清空的姜夔之外，別開生面，自成一格。

張炎《詞源》云：

> 吳夢窗詞如七寶樓臺、眩人眼目。拆碎下來，不成片段。

上句真能說中文英詞的要害，不過下句說的，恐怕就要我們費點心思去細細玩索了。以下選析兩首他的名作，或許可以略窺夢窗詞的成就到底如何。

八聲甘州　靈巖陪庾幕諸公遊。

【原詞】

渺空煙四遠，是何年？
青天墜長星。
幻蒼崖雲樹，名娃金屋，殘霸宮城。
箭徑酸風射眼，膩水染花腥。

【語譯】

長空萬里雲煙，四望遼遠蒼茫，是什麼時候從青天墜下一顆大星，化成蒼莽的山崖與入雲的叢樹？如今在霸業早已殘破的吳宮裡，仍然可以窺見昔日館娃宮的遺址。靈巖山（今江蘇吳縣西二

時靸ㄙㄚˇsǎ雙鴛響，廊葉秋聲。

宮裡吳王沉醉，
倩五湖倦客，獨釣醒醒。
問蒼天無語，華髮奈山青。
水涵空、闌干高處，
送亂鴉斜日落漁汀ㄊㄧㄥtīng。
連呼酒，上琴臺去，秋與雲平！

十餘里處）前十里的地方，有一道采香徑，斜橫如臥箭，步行其間，常常會被帶著酸氣的風射痛了眸子，旁邊的小溪更不知染和了多少西施的殘脂剩粉，響屧廊上落葉紛飛，秋聲颯颯，似乎夾雜著鴛鴦繡鞋走過的音響。

想那宮中的吳王（夫差）正自沉沉大醉，唯有那託身五湖的人間倦客范蠡，獨自清醒地垂釣著。我細問蒼天，祂永遠默默無語。日漸花白的髮絲，怎麼能和長青的山色去比呢？連綿無垠的水域，似乎要把穹蒼都涵吞了，站在欄杆高處，只見拍盪的水波，逐漸把亂鴉斜日送上漁人捕魚的沙洲。愴然心驚中，不禁連連叫來酒菜，呼朋引伴登上琴臺，四望眼前好一片秋色，正共雲天無際哪！

【賞析】

這是一首充滿著奇情壯采的懷古感今之作，很能代表吳詞典麗幽逸，收縱自如的特色。

上半闋起句「渺空煙四遠，是何年？青天墜長星」氣象遼闊，古往今來的時空，一下子彷彿全部融匯於其間。而夐遼的時空復由眼前景致的銜引產生錯綜的變化：「幻蒼崖雲樹，名娃金屋，殘霸宮城」，許是千萬年前的殞星落石成山，如今在一片蒼崖雲樹的悠寥中，仍可辨識昔日的興廢滄桑，想當年此地正是繽紛華豔的館娃金屋，曾幾何時，只留得令人不忍卒睹的殘業破宮，固一世之雄的夫差，而今安在哉？

文英的詞常喜時空交錯，任憑感性的觸鬚恣意蔓纏於過去、現在與未來的甬道中。好比前面講的雖以此時此地為背景，卻雜糅著歷史變幻的軌跡。接下來的幾句尤其把這個特點發揮到極處：「箭徑酸風射眼」直寫當下即臨的感受，「膩水染花腥」的「腥」可指花香，亦可暗指戰地的血腥，因此它的含意是雙重的。而「時靸雙鴛響，廊葉秋聲」更是出入古今，交糅虛實，融想像於現實，如此的「現代」筆法竟然在吳文英的筆下運用得這麼自如，真令人驚歎。單是這兩句，就寫盡了「物是人非事事休」的傷悯了，有美麗，也有哀愁。

下半闋的「宮裡吳王沉醉，倩五湖倦客，獨釣醒醒」，直接再跳接過去的歷史與傳說。「問蒼天無語，華髮奈山青」承襲上面獨釣醒醒的意識而來，卻轉折出一片時不我予的無奈之情。接著「水涵空、闌干高處，送亂鴉斜日落漁汀」，既實寫眼前景致，也隱喻自己日暮蒼茫的心情——當然是藉著一脈而下的吳王興廢的故實，來傳訴當今南宋國事的傷殘，是以有一股哀颯的氣息。最後的「連呼酒，上琴臺去，秋與雲平」，似乎有一種強顏作樂的悲哀流盪其間。整個天地都已為秋意所籠罩著，極目天涯，神遊古今的結果竟是宜醉、宜遊的淡然。這不是讀書人的一大悲哀嗎？

唐多令　惜別

【原詞】

何處合成愁，
離人心上秋。
縱芭蕉不雨也颼颼。
都道晚涼天氣好，
有明月、怕登樓。

【語譯】

怎樣才合成一個「愁」字呢？那是滿懷離愁的人心上加著秋意。縱使沒下雨，芭蕉樹也颼颼作響，發出淒涼的聲音。大家都說晚涼天氣真好，可是，有明月的時刻，我卻最怕登樓，徒惹傷感。

年事夢中休，
花空煙水流。
燕辭歸、客尚淹留。
垂柳不縈裙帶住，
漫長是、繫行舟。

所有的華年往事在夢中也漸漸休止了，落花早已無蹤，只有那如煙的流水仍然不斷流逝。外處漂泊的燕子，都一一回歸了，而作客他鄉的我卻還苦苦滯留。依依的垂柳呵，是留不住伊人的芳跡的，它老是空費心思繫住雲遊無定的行舟。

【賞析】

吳文英此闋〈唐多令〉真是毀譽參半，陳廷焯的《白雲齋詞話》說它近乎油腔滑調，是吳文英最差的作品；而張炎的《詞源》則云：「此詞疎快，卻不質實。」以他論詞主張「清空則古雅峭拔，質實則凝澀晦昧」的標準來看，顯然是讚賞這首作品的。我們所以選析它，主要的用意在於顯現吳文英詞作的不同風貌。

「何處合成愁？離人心上秋」，只可神遇，不能斧鑿。第一次讀到這樣的「字喻法」，很少人不以為是絕妙好辭的。此句正是詞心所在——心、秋合聚，即離人「愁」之緣起。

客中送別，襯以即臨秋景，無怪乎萬種情愁呼之欲出了。

蔣坦《秋燈瑣憶》名句云：

是誰多事種芭蕉？早也瀟瀟。

寫活了牽藤扯蔓的無聊心緒，和文英的「縱芭蕉不雨也颼颼」，同是比肩齊步的惆悵情懷。芭蕉的瀟瀟颼颼，本是自然景態，直是干卿底事？問題就在於有情離人的移情作用，使得芭蕉生發萬種淒涼，以致觸目盡成岑寂蕭瑟之姿矣。

「都道晚涼天氣好，有明月、怕登樓」，造語看似平淺，其實立意深宛。一方面是見盛觀衰，另方面是怕惹起對往日團聚而今星散的感傷。遊子們望月懷想古今一同，尤其面對皓皓明月，怎不興「不應有恨，何事長向別時圓」的悵惘？登樓的結果完全可以想見，那又何苦？不登樓呢，其實不見得就能掙越愁城，怕登樓只是一種無可奈何的矛盾之情罷了。

「年事夢中休，花空煙水流」，此句對得非常神巧。世事如真似幻，人生猶似大夢一場，一切都將夢雲飛散，水流花空，誰知我們此生兩眼緊閉的一剎，不是正從另一個渺遠的世界悠然醒來？韶光的流逝中，不管你覺或不覺，一定的事實與終結都必須被接受。當人還能知覺、感覺生命不是用來蹉跎的時候，他卻也不一定能夠率性隨心而為，——比方說：「燕辭歸，客尚淹留」，你能對冥冥生命裡一隻看不見的巨掌作用什麼呢？

「垂柳不縈裙帶住，漫長是、繫行舟」，垂柳依依何嘗繫得行人住？繫住行舟的理應是繁瑣的人事關聯。人間多由於春夢的難圓、索名逐利的艱苦，加上大江東去的年光，而構築成怨離傷別的觸感。垂柳何辜？竟成為詞人怨尤的對象，透過紙背，我們不難看出是詞人藉著外在的景物，在那兒自嗟自歎、興愁作悵。但是，由於他寫得宛曲、雋永，所以，讀著讀著，我們竟也不禁疊合了自己的經驗與遭遇，而為之低迴、為之神奪呢！

【附錄】

（一）齊天樂 與馮深居登禹陵。

【原詞】

三千年事殘鴉外，無言倦憑秋樹。逝水移川，高陵變谷，那識當年神禹。

【語譯】

暮色裡殘鴉蒼茫，三千年的舊事早已在蒼茫之外。這期間，流水改道、高陵變成低谷，連當

幽雲怪雨，
翠蓱（ㄆㄧㄥˊ píng）溼空梁，夜深飛去。
雁起青天，數行書似舊藏處。

寂寥西窗坐久，
故人慳（ㄑㄧㄢ qiān）會遇，同翦燈語。
積蘚殘碑，零圭斷壁，
重拂人間塵土。
霜紅罷舞，
漫山色青青。
霧朝煙暮，
岸鎖春船，擊旗喧賽鼓。

年神禹的功蹟也無法辨認了。猶記得禹廟的橫梁，每至風雨之夜，常化神龍飛去，與鏡湖之龍相鬥，回來後還可以發現上頭水草淋漓的痕跡。青天飛過群雁，排列有如一行行的文字，似乎指出禹穴藏書的位置。

在寂寥的西窗下，與難得一見的故人剪燈共話衷腸，也不曉得究竟坐了多久。談起白天在禹陵所見的積蘚殘碑，和斷裂零落的古玉，好不容易讓我們重睹珍惜，為它們拂去人間歲月的塵土，不禁滿懷的悵惘。想那冬去春來的時分，再也沒有漫山紅葉在寒霜中飛舞，取而代之的該是青青的山色，以及霧朝煙暮，春水綠波吧？在玄想的恍惚中，竟呈現一片畫旗飄飄、賽鼓爭鳴、舟船競渡的廟會場面來。

（二）浣溪沙

【原詞】

門隔花深夢舊遊，
夕陽無語燕歸愁，
玉纖香動小簾鉤。

落絮無聲春墮淚，
行雲有影月含羞，
東風臨月冷於秋。

【語譯】

眼前這一扇門隔著幽深的花林，它總讓我在夢中追憶昔日多情的交遊。夕陽默默西下，歸來的燕子似乎披載著一身的惆悵。想伊人的纖香玉手呵，曾經輕輕拉動這個熟悉的小簾鉤……

零落的花絮，靜悄悄地，連春神也要為之感傷墮淚吧？月兒被飄遊的雲朵的影子掩住了，有點羞赧的意味。在這樣淒清的夜裡，吹來的即使是東風，也令人覺得比秋天還要冷寂。

蔣捷（宋、元之間）

一個人的品德與學問一向很難一致，親身經歷改朝換代的蔣捷，在人格方面所受到的美評早已蓋棺論定，但是他的詞作卻難有確論。

蔣捷，字勝欲，江蘇宜興人。宋恭帝德祐年間進士，亡國以後，下定決心不出來作官，隱居在竹山，故號竹山。有關他的生卒年現在不能詳定了，如果以三十歲中進士來推算的話，那麼大約生在宋理宗淳祐初年，卒於元成宗大德年間，年五十餘。

他的詞集名《竹山詞》，題材多樣，作品的風格不侷限一隅，既有亡國者的哀愁，也有滄桑閱盡後的恬淡。他的想像豐富，造語新奇，對格律形式的駕馭得心應手，這些優點都傾向辛稼軒。不過，嚴格一點來說，他與稼軒仍有好一段差距。

虞美人

【原詞】

少年聽雨歌樓上，
紅燭昏羅帳。
壯年聽雨客舟中，
江闊雲低，斷雁叫西風。

而今聽雨僧廬下，
鬢已星星也。
悲歡離合總無情，
一任階前點滴到天明。

【語譯】

年紀輕時聽雨最深的印象，是在歌樓酒肆裡，常常伴著自己的，是那紅燭照映下顯得昏沉綺麗的羅紗帳。等到步入壯年，聽雨最多的機會卻是在奔波無定的客舟中，經常面對一望無際的江水和低垂的雲層，瑟寒的秋風裡一聲聲孤雁的淒叫，喚起了心底無數的共鳴。

而現在，聽雨的地方竟然是在空靈靜謐的僧廬下，我的兩鬢已經滿是星霜了。想想，人世間的悲歡離合，到頭來總是一場無情的變遷而已。那似乎無休無止的階前雨呵，就隨它自顧自的任意滴到天明吧！

【賞析】

這闋詞的章法屬於順敘的那種，主題是在表現人生三個階段（由少而壯而老）情與境的變化，由於用情深醇、遣辭獨到，使得全篇充滿音、色，動、靜，起、伏的特殊氛圍，讓人了然於心之餘，復覺情韻無窮、味況雋永。

人生也許可以比喻成一場考試，鐘聲將響時，答案已成。這時刻，準備交卷的人的心情，是圓融的喜悅，還是回首的空茫，還是萬般滋味在心頭，來不及說得清、寫得盡，就只好匆匆離座呢？

從某一個角度看去，蔣捷的〈虞美人〉未嘗不是一場極豐富的人生經驗，至於是否充實、深刻、完滿，那只有當事人心裡最清楚了。他藉著「聽雨」的情境，把三個時期的遭遇、感受很順暢地達現出來。「少年聽雨歌樓上，紅燭昏羅帳」，真是嘗遍了「楚腰纖細掌中輕」的旖旎滋味，這個階段裡正是青春的富翁、感情的浪子，率意走馬章臺、眠花臥柳，到處留情還自命風流倜儻呢！歲月就像取之不盡、用之不竭的明月清風，愜意極了，幾曾識人生戰場之干戈？「舞低楊柳樓心月，歌盡桃花扇底風」，說不定還不足以傾盡年少氣盛的興致呢！

「人到中年原易感，眼看華屋歸零落」（元好問〈滿江紅〉），慢慢的，人肩上的擔子加重了，追逐名利的顛沛，感情失意的創傷，一刀一刀刻了下來。最甚的，還得大丈夫志在外方，天涯海角去漂泊，以證明自己生命的意義並顯現其價值。在這樣不歇不止的奔波、奮鬥中，偶爾靜下心時，竟會感到莫名所以，究竟所為何來？這時，若是遠離親情、愛侶、友人的話，那種觸感唯有「壯年聽雨客舟中，江闊雲低，斷雁叫西風」足以名之了。可是，人生的戰場一旦走了進去，恐怕就不是那麼容易抽（全）身而退的了。也許有人權位在握，不知老之將至；也許有的心形俱疲，只落得孑然一身，獨自品味現實的酷冷與愴悲；也許有的執迷不悟，繼續在名韁利鎖中掙扎不已。其實，這時正是人生最熾烈的階段，經由這一場「冰炭滿懷抱」的翻滾。人，才逐漸了解什麼是真假，什麼是善惡，什麼是是非，也才有可能認清「自己是什麼」。蔣捷的感受是舉世滔滔，像一片無垠的闊江；眾情傾軋，彷彿江上的翻雲覆雨。而他呢，則是一隻獨自在瑟颯秋風中哀叫的孤雁——蝕心的悲酸、透骨的絕望把他圍困住了。

中年時見山不是山，見水不是水的倉皇困惑，到了老年，眼前的厚煙濃霧又淡散了去，彷彿又要清明起來的樣子。當年「紅樓隔雨相望冷，珠箔飄燈獨自歸」的癡勁，只成了一點依稀的夢痕，如今是徹底的「狎興生疏，酒徒蕭索」了，歌樓聽雨，是不識愁滋味的縱情；客舟聽雨，是千里故鄉夢的黯然，是名利陀螺心的神傷；而今鬢已星星也，聽雨的場所，居然是在不涉人間煙火的僧廬下，點點滴滴、淅淅瀝瀝，似乎要洗盡人間的不平與恩怨，這時，聽雨的老者的心情有誰能了解？他一生中的幻麗與滄桑，悲歡與離合，屈辱與尊嚴……，都已經沉澱到生命的底層裡去，你也許能夠從他的眼色讀出「多少蓬萊舊事，空回首，煙靄紛紛」的悲涼；你也許能從他的神容中讀到「形如槁木，心若死灰」的黯慘；當你讀到蔣捷「悲歡離合總無情，一任階前點滴到天明」的尾語時，你的感受如何？他是一夜未眠，隨著淅瀝的雨聲，輾轉想著一生中的起伏榮辱到天明呢，還是透悟了人生的悲歡離合總是不盡合情理的事實，與其多費心思沉湎，不如一古腦兒擁被入眠，任由階前的雨滴到天明呢？盡情運作你的想像力去探索吧。

張炎（西元一二四八—一三二〇？）

屬於南宋詞壇後勁的張炎，出身書香世家，他的父祖輩都工於文學，精曉音律，除了家學淵源的影響外，他還常與同時的詞人王沂孫、周密等往來酬唱，更繼承了周邦彥、姜夔這一支重形式格律的傳統，所以，在南宋詞壇上能有自成一家的格局。

張炎，字叔夏，號玉田，又號樂笑翁。本來是陝西人，宋室南渡後家於臨安（今浙江杭州市），故常自稱西秦玉田生。宋亡以前，他過的是湖邊醉酒、小閣題詩，又不需等因奉此的富貴生活；入元以後，資產盡喪，曾經北遊燕都，可能有入仕的打算，但是，終於落寞南歸，浪跡於東南山水間，窮困到以賣卜維生。

嚴格說來，張炎的詞作宋亡後方告成熟，充滿個人身世的悲慨，亦織進了沉愴的亡國之思。不過，或許是性情使然，加上格律的拘囿，像陸游、辛棄疾那種豪壯慷慨的作品，張炎是不擅其場的。他的詞集名《山中白雲詞》，他很注重音律的和諧，尤其講究鍊字、用事，有時候難免忽略了一篇作品內在的實質，風格比較接近姜夔，比方詞作常附一則小序，讀來清靈可感。後世的詞話家說他的詞的長處是「婉麗」與「空靈」，雖然說得有點空洞，但還是值得我們參考。

此外，他還寫了一部《詞源》，是他研究詞學的心血結晶，也是他在詞的創作上所努力遵循的一個理論方向。如果說張炎為兩宋詞的結束者，他是當之無愧的。

八聲甘州

辛卯歲，沈堯道同余北歸，各處杭越。逾歲，堯道來問寂寞，語笑數日，又復別去。賦此曲，並寄趙學舟。

【原詞】

記玉關踏雪事清遊，
寒氣脆貂裘。
傍枯林古道，長河飲ㄧㄣˋ yìn馬，此意悠悠。

【語譯】

記得風雪中出邊關同遊的事吧？即使穿上貂皮裘衣也抵不住那陣陣襲人的寒意。那時站在古道枯林邊，解下馬兒讓牠們到長河去飲

短夢依然江表，老淚灑西州。
一字無題處，落葉都愁。

載取白雲歸去，問誰留楚佩，弄影中洲？
折蘆花贈遠，零落一身秋。
向尋常、野橋流水，
待招來不是舊沙鷗。
空懷感，有斜陽處，卻怕登樓。

水，心中的情味真是悠遠無盡吶。北遊匆匆像一場短夢，醒來依舊身在江南，一見杭州，更是老淚縱橫。而今，一個字都無從題起，只見遍地的落葉染滿了愁緒。

好友來訪後，又駕著白雲歸去了。有誰會在楚江中留下佩玉，將他依依不捨的身影留於中洲呢？聊且折一枝蘆花贈給遠方的人，想到一身零落，不覺滿懷秋意。獨自面對熟悉的野橋流水，輕輕呼喚，飛來的卻已經不是舊日的沙鷗。唉，徒然觸景添愁，每有斜陽西下的地方，都害怕去登樓望遠。

【賞析】

南宋的詞家由於情勢使然，故所填的作品多屬亡國之音，尤其愈到末期愈有大勢已去的頹喪感，如果我們能對此種社會意識給予某種程度的包容，那麼也才能仔細品味出另一種風貌的藝術成就來。〈八聲甘州〉有邊境音樂的格調，帶著悲壯蒼涼的意味，張炎拿它來填寫家國之痛和身世之感是頗合適的。宋亡於元以後，他曾北上元都，但是，並沒有得到什麼被用的機會，爾後便流連作客於浙東、蘇州一帶。這首作品便是在北遊歸來，益加落魄失意的心情下寫的，此時的張炎四十五歲。

上半闋前面五句，懷想昔日與堯道諸好友北地交遊的情景，「傍枯林古道，長河飲馬」不僅意興豪逸，簡直可以入畫了。「寒氣脆貂裘」的「脆」字可見鍊字之精，音感、質感呼之欲出。可是這一番倉促的北遊，只像一場來不及抓住的短夢，猛然醒來，發現自己依舊身在江南，面對殘破的山河故國，只有輕灑老淚了。相傳東晉時謝安與羊曇頗為相知，謝安扶病回都時曾經過西州門，安死後，羊曇怕觸景傷情，每次出門都故意迴避這條路。有一回羊曇大醉，不覺行過西州門，連呼回駕，痛哭而去。詞中「老淚灑西州」一語即借用此典故，聊寄家國之思。西州則借指杭州，張炎先世雖然是陝西人，但他長久寓居杭州，所以他流淚懷想的家應該是這裡。也許，除了個人的離情悲感之外，舉國「直把杭州作汴州」的委靡作風也相當刺激他，在這雙重苦悶的逼壓下，無怪乎「一字無題處，落葉都愁」了——語言對於最大的沉痛是無能為力的，你只能用感覺，感覺到每一片落葉都是愁慘的化身。

下半闋表明自己選擇山中白雲的生活方式（張炎的詞集名《山中白雲詞》亦是此意），可是仍忍不住眷念故人之情（這份情誼在此詞的小序裡寫得極淒婉），他藉著《九歌・湘君》的句子：

捐余玦兮江中，遺余佩兮醴浦。
君不行兮夷猶，蹇誰留兮中洲？

隱喻一種縈懷無已的情誼，非常地含蓄悠遠。底下轉入極愀愴的情調，「折蘆花贈遠，零落一身秋」既說自己飄零的身世，兼指國家蕭颯的處境。「向尋常、野橋流水」寫當下隱居的閒適；可是，「待招來不是舊沙鷗」恐怕就語意多重，表面上慨歎元人入主中原，連禽鳥都屬於彼，非昔時舊物矣，骨子裡未嘗不暗寫人事變遷的巨大，舊友們都各有去向，再也難像以前那樣的呼朋引類、傲嘯江湖了。

末了三句：「空懷感，有斜陽處，卻怕登樓。」實在是沮喪到極點，故人的零落，山河的易主，總合成今古興亡的滄桑，而這一切懷古傷今，充其量只落得一個「空」字罷了。「怕」字更道盡一個讀書人最內裡的怯懦，同時也反襯出一個時代的創傷是何等的深入。張炎常用「怕」字，除了詞人工愁善感的心靈素質外，我們應該還能體會出一些別的東西來才是啊！

【附錄】

高陽臺　西湖春感

【原詞】

接葉巢鶯，平波卷絮，
斷橋斜日歸船。
能幾番遊？看花又是明年。
東風且伴薔薇住，
到薔薇、春已堪憐。
更淒然，萬綠西泠，一抹荒煙。

【語譯】

叢叢密接的綠葉中，有些黃鶯的巢隱結其間。平緩的水波捲起飄落的柳絮，斜陽下，孤山畔的斷橋點綴著三三兩兩的歸帆。一輩子裡能有幾回的遊春呢？要看賞這樣的花景又得等待明年了。東風呵，你且伴住薔薇；可是，每到薔薇花開，春色已闌珊可憐了。更教人悽然的是，那西泠橋原當年燕子知何處？
但苔深韋曲，草暗斜川。
見說新愁，如今也到鷗邊。
無心再續笙歌夢，
掩重門、淺醉閒眠。
莫開簾，怕見飛花，怕聽啼鵑。

先盎然的綠意，竟也不得不殘為一抹荒煙。

誰知當年的燕子如今在何處？長安城南的韋曲勝地已經長滿了青苔，而江西有名的斜川景致也已暗草叢生。聽說那最最自由自在的海鷗，如今也染上了新愁。我是沒有心思重續往日繁歌華舞的舊夢了，只想掩上重重門戶，帶點輕微的醉意，悠閒的睡進夢鄉。再也不打開簾子了，實在是怕見殘花飛舞，又怕聽見杜鵑「不如歸去！」的哀啼啊！

中國歷代經典寶庫⑤

唐宋詞選——跨出詩的邊疆

編撰者—林明德
編輯—康逸藍
執行企劃—洪小偉、張燕宜
校對—吳美滿、張淑芬
總編輯—余宜芳
董事長—趙政岷
出版者—時報文化出版企業股份有限公司
108019台北市和平西路三段二四〇號三樓
發行專線—（〇二）二三〇六—六八四二
讀者服務專線—〇八〇〇—二三一—七〇五
（〇二）二三〇四—七一〇三
讀者服務傳真—（〇二）二三〇四—六八五八
郵撥—一九三四四七二四時報文化出版公司
信箱—10899臺北華江橋郵局第99信箱
時報悅讀網—http://www.readingtimes.com.tw
法律顧問—理律法律事務所 陳長文律師、李念祖律師
印刷—勁達印刷有限公司
五版一刷—二〇一二年一月十三日
五版四刷—二〇二三年九月十四日
定價—新台幣二百五十元

時報文化出版公司成立於一九七五年，
並於一九九九年股票上櫃公開發行，於二〇〇八年脫離中時集團非屬旺中，
以「尊重智慧與創意的文化事業」為信念。

唐宋詞選：跨出詩的邊疆 / 林明德編撰. -- 五版. -- 臺北市：時報文化, 2012.01
面； 公分. --（中國歷代經典寶庫；5）

ISBN 978-957-13-5472-9（平裝）

833.4 100022956

ISBN 978-957-13-5472-9
Printed in Taiwan